반세기 전, 어느 전경(戰警)의 훈련 실화

그때의 고생이 이제는 추억이 되다!

정병수 지음

반세기 전, 어느 전경(戰警)의 훈련 실화
그때의 고생이 이제는 추억이 되다!

초판1쇄   2022년 3월 30일

지 은 이   정병수
펴 낸 이   이규종
펴 낸 곳   예감
등록번호   제2020-000033호(1985.10.29.)
등록된곳   서울시 마포구 토정로222
          한국출판콘텐츠센터 422-3
전   화   (02) 323-4060,6401-7004
팩   스   (02) 323-6416
이 메 일   elman1985@hanmail.net
          www.elman.kr

ISBN   979-11-89083-81-6 03800

값 12,000 원

반세기 전, 어느 전경(戰警)의 훈련 실화

그때의 고생이 이제는 추억이 되다!

정병수 지음

예감

목차

3부 후반기 훈련과 사역 그리고 경기관총 / 77

6부 추억 속에 핀 수필 / 139

편집의 변

필자 정병수, 전경16기

1. 전경 지원 시 국내외 정황

필자는 반세기 전 병역의무로 전투경찰(Combat Police)에 지원하여 1974년 10월부터 1977년 7월까지 34개월간 복무했다. 요즈음 복무 기간은 육군과 해병대의 경우 21개월, 해군이 23개월, 공군이 24개월이라 하니 비교적 길었다고 볼 수 있다.

지원 당시 국내외 정황은 1968년에 김 신조 등 무장공비 30여 명이 대통령을 살해하기 위하여 청와대를 침투하려 한 사건이 있었는데, 이는 국민들의 반공 의식을 강화하고 전투경찰이 창설되는 계기가 되었다. 또 국제적으로는 북베트공이 남베트남과 1973년 '파리평화협정'을 체결했지만, 불과 2년 만에 남베트남을 적화통일하여 우리나라 국민들에게도 큰 충격을 주었다. 1976년 8월 18일 판문점 공동경비구역 안에서는 미루나무 가지치기를 하던 미군 장교 2명이 북한군의 도끼 만행으로 살해되는 등 한반도는 초긴장 상태에 있었다.

2. 전경의 훈련 과정

전경은 지원자 중에서 필기시험과 체력 검사를 거친 후 합격자에 한하여 논산에서 10주간(전반기 6주간은 기초 군사훈련, 후반기 4주간은 경기관총 등 취급) 훈련을 받고, 다시 경찰대학에서 4주간 경찰관 직무집행법 등을 배운다. 즉, 한 명의 전경이 탄생하기 위해서는 총 14주간, 일수(日數)로 환산하면 100일 교육과 훈련을 극복해야 했다.

교육과 훈련은 시설과 장비의 뒷받침이 중요하다. 그러나 반세기 전의 상황은 일부 막사를 제외하고는 시설, 장비 등이 대체로 열악하고, 운영 측면에서도 군인 정신을 고취시킨다는 미명하에 구타나 욕설이 난무하던 시절이라, 훈련병들은 필요 이상의 정신적 고통과 땀을 흘려야 했다.

3. 병영 일기장을 발견하다

당시는 남북한이 극도로 대립하고 있던 시절이라 통신보안 서신보안이라 하여 보안 개념이 강하였다. 따라서 훈련병은 교육내용을 제외하곤 개인적 일기나 메모 등의 보관 자체를 허용하지 않았다. 다만 경찰대학에서는 그런 통제가 없었다. 물론 나는 입대 전에도 틈틈이 일기를 쓰곤 했기에, 경찰대학에서 일기를 쓰는 것도 자연스러웠다.

그런데 일기를 쓰다 보니 논산훈련소 시절의 기억이 뇌리를 떠나지 않는 게 아닌가? 어쩔 수 없이 논산 훈련 10주간의 기억을 더듬어 보기로 했다. 그리하여 내용 중 일자가 확실한 것은 일자별로 기록하고, 일자가 불명확한 내용은 일정 기간을 함께 묶어 정리함으로써 훈련 10주간의 일기 공백을 채웠던 것이다.

그런데 그 후 세상살이 일에 밀려 그런 사실조차 잊고 있었는데, 최근 이사를 하다가 우연히 그때의 일기장을 발견하였다. 일기장을 넘기니 입대일로부터 전역하는 날까지 단 하루도 빠지지 않고 다만 한 줄이라도 적어 놓았다는 사실에 나도 놀라지 않을 수 없었다.

4. 구슬도 꿰어야 보배다

일기장의 내용은 크게 두 가지로 분류된다. 하나는 훈련 중의 땀과 애환에 관한 기록이고, 또 하나는 자대(自隊)에 배치된 후 병영 생활에 관한 것이다. 후자는 성격상 주로 개인적인 소소한 사건 중심인 반면, 전자는 정도의 차이는 있을지는 몰라도 군 예비역이면 누구나 거쳐 가고 경험한 공통의 주제라고 할 수 있다.

원래 일기는 남에게 보여주기 위한 글이 아니다. 그렇다고 필자의 일기장에 기술(記述)된 내용을 대충 흘러가는 이야기로 말하고 버리기에는 뭔가 허전하고 아쉬움이 남고, 그렇다고 무턱대고 공개만도 능사가 아니기에 고민이 되었다. 그때 하버드 대학의 한 연구가 방향을 설정하는데 참고가 되었다. 그건 목표의 설정과 그 목표를 기록하는 것이 중요하다는 연구 결과였다. 우리 속담에도 "구슬이 서 말이라도 꿰어야 보배다." 라고 하는 말이 있듯이, 최소한 훈련기간의 애환만이라도 편집하는 것은 의미가 있을 것이라고 생각되었다. 나아가 이는 필자와 같은 시대를 살아가는 예비역에겐 각자 훈련 시절의 추억을 되살리게 하는 촉매가 될 수도 있지 않을까 싶다. 이에 비록 내용이 미흡하지만 용기를 내 일기의 일부분을 실화(實話)란 이름으로 오픈하기로 했다.

5. 당부와 감사 말씀

돌이켜보면 이제는 추억으로 변색이 되었지만, 반세기가 지난 지금에도 신병 훈련시절의 장면이 문득 떠오를 때면 미소보다는 부자연스러움이 스치고 때로는 눈앞이 흐려지기도 한다. 일기장 내용의 편집은 6부로 되어 있다. 1부는 입대 동기, 2부는 전반기 훈련, 3부는 후반기 교육, 4부는 경찰 기본 교육, 5부는 자대 근무 그리고 6부는 체험 수필로 구분하였다.

편집함에 있어 가능한 일기장 원본 내용을 그대로 전달하려 하다 보니, 당시 훈련이나 교육에 대한 부정적인 얘기가 더러 있는 것이 사실이다. 그러나 실제 훈련에서는 훈훈한 얘기도 많았음을 꼭 더 붙이고 싶다. 또 훈련 상 어쩔 수 없이 고통을 줄 수밖에 없는 악역인 훈련조교들의 심정을 훈련병들이라고 모를 리가 있을까? 그런 점을 고려하여 다소 불편한 얘기도 이해하여 주기를 바란다. 아무튼 이 책으로 인하여 그 누구도 피해를 보거나 명예가 손상되는 경우가 없기를 빈다.

이 책을 출간하기까지 수고한 이들이 많다. 훈련에 대한 기록의 사실 여부를 위해 필자의 뜬금없는 질문에 진솔하게 응해 준 전경 제16기 203부대 동기생들에게 감사하고 특별히 원 용현 동기 사장에게 고마움을 표한다. 유사 이래 한 번도 경험하지 못한 '코로나 19 바이러스'라는 악조건 속에서도 출판을 허락해 준 이 규종 대표와 조판하느라고 수고한 최주호 디자이너에게도 고개를 숙인다.

어렵사리 편집이라는 이름으로 가필도 하고 글 내용에 제목도 붙이는 등 정리를 하고 나니 내 나이 이십대 초반의 삶도 정리되는듯하여 기분이 개운하다. 의자에서 일어나 밖으로 나가니 우연히도 오늘이 우리나라 제 20대 대통령 선거일이다.

2022년 3월 9일

추천의 글

최경식(전경 제16기, 경찰청 치안감)

20대 초반에 경찰에 투신하여 공복으로 누구에게도 부끄럽지 않는 민중의 지팡이가 될 것을 다짐한 이후, 그 다짐을 되새기며 열심히 공무에 매진하다 보니 어느새 정년이 지나버렸다. 지나간 삶을 돌아보니 아쉬움과 함께 감개가 무량하다.

이제 제2의 삶은 어떤 무대에 어떤 막으로 올려야 하나 고민하고 있는데, 복병 코로나 19 펜데믹(pendemic)에 가로막혀 여행은 물론이고 지인들의 얼굴조차 대면하기 어려운 중에 전경 동기인 정병수 박사로부터 연락이 왔다.

친구는 최근 이사하다 반세기 전 논산 신병훈련소에서 쓴 일기장을 우연히 발견했다며, 이것을 사장시키기에는 아까워 책으로 엮었으면 하기에 나는 부정적인 반응을 보였다. 왜냐하면 신병 훈련이란 게 정도의 차이는 있을지 몰라도 예나 지금이나 비슷할 것이며 최근 친구의 허리가 좋지 않은 상태에서 책을 발간하는 어려운 작업을 하는 것이 안쓰러웠기 때문이었다. 그런데 친구는 어느새 책 발간 준비를 마치고 추천사를 부탁하는 것이 아닌가?

이윽고 나는 가(假) 제본을 받아보곤 내 생각이 기우(杞憂)였음을 바로 알았다. 당시 우리가 전투경찰의 일경(一警)이 되기 위해서는 논산 훈련소에서 전반기 6주(일반 훈련병과 동일한 교육)와 후반기 4주(3.5로켓포, LMG, AR 등 기관총 교육)를 그리고 경찰대학에서의 직무교육 4주(경찰 기초교육), 총 14주간의 훈련과 교육을 배고픔, 땀, 인내 그리고 때로는 눈물을 흘리며 이수해야 했다. 그런데 친구는 놀랍게도 훈련 기간부터 전역하는 날까지 하루도 빠짐없이 일기를 쓴 것이다. 그것은 아무나 할 수 있는 쉬운 일이 아니다.

사람은 지나간 추억을 되돌아보기도 하나 시간이 지나면 대부분 잊혀지게 마련이다. 그런데 그 고된 훈련 속에서도 훈련 내용과 느낌, 때로는 용기있는 비판까지 기록하여 반세기가 지난 오늘까지 보관하고 있는 것도 대단한데, 과거를 회상할 수 있도록 하는 친구의 예지와 뚝심에 경이로운 찬사를 보내지 않을 수 없다.

원래 일기는 남에게 보여주기 위한 글이 아니다. 그러나 일기를 기초로 새로 쓴 이 책은 필자와 동(同) 시대를 살아온 예비역에겐 기억을 되살려 주는 한편의 영화가 될 수도 있고, 필자와 세대가 다른 선배들에겐 "그래도 그 정도면 약과네!"라고 할지도 모르겠다. 반면에 우리와 한 세대가 젊은 이들을 만나면 "알고 보니 우리 세대의 군사훈련은 양반이었네!"라고 말하리라! 특히 최근에 전역했거나, 현역으로 있는 후배들은 "일기도 자유롭게 쓸 수 없었다니 그게 무슨 얘기야?"라고 반문(反問) 할지도 모르겠다. 그것이 사실인 역사인데도 말이다.

아무쪼록 이 책을 일독(一讀)하여 때론 웃음꽃이, 때론 힘든 과거를 추억으로 승화하는 계기로 삼기를 바라며, 이런 기획을 하고 집필과 출판까지 한 정병수 박사가 우리 전경 16기임이 자랑스럽다. 아울러 심심한 감사와 위로를, 특히 건강을 빌며 기립박수를 보낸다.

2022년 3월 9일
최 경식 올림

1부

전경 지원 동기와

수용연대 대기

1부

전경 지원 동기와
수용연대 대기

1. 나의 전투경찰 지원 동기

1974년도 대학 2학년 1학기가 되자, 부모님과 함께 있는 농촌의 동생들도 줄줄이 고등학생과 중학생이 되었다. 당연히 "부모님의 어깨도 점점 무거워 지시겠지?" 라는 생각에 이르자, 고향 농촌 마을에선 유일한 대학생인 내 마음이 편치가 않다. 자급자족 경제로 겨우 먹고 살아가는 농촌에서는 쌀 이외는 현금화 할 재산도 없던 터에 학생 한 명이 늘어나느냐 아니냐에 따라 집안 경제에 미치는 체감도가 크기 마련이다.

이러한 사정을 잘 아는 나는 겉으로는 태연한 척 했지만, 속으로는 "어떤 돌파구가 없을까?"를 끊임없이 모색하고 있었다. 물론

돌파구가 쉽게 나타날 리 없었다. 그러다가 반짝 머리에 떠오르는 생각이 있었다.

"그래, 군대를 갔다 오자! 그리고 병역의무를 하는 3년간 이나마 부모님께 경제적 짐을 덜어드릴 수 있다면 적어도 '조그마한 효도'는 되겠지?"

그런데 막상 입대하려고 마음의 결정을 하고 나니, 예상하지 못한 걸림돌이 나타났다. 징집영장을 받은 상태도 아니고, 실제 나이 보다 1살 늦게 호적이 등재되어 있어 신체검사를 받는데도 1년을 기다려야만 할 형편이었다.

"그렇다면 지원입대는 어떨까?"

부랴부랴 알아본 결과, 지원할 수 있는 데가 공군, 전투경찰, 해병대 정도가 된다는 것을 찾아냈다. 이 중에서 대부분 지원자의 인기 1순위가 공군이었다. 나도 급하게 공군에 지원서를 낸 다음

대구 모 공군부대로 가 신체검사를 받았다. 지원자가 많아서인지 신체검사장의 분위기는 건강하고 유능한 인재를 찾기 보다는 결함을 찾아 한사람이라도 불합격 시키고자 애쓰는 것처럼 보였다. 나의 경우는 완전 평발도 아닌데 평발 비슷하다 하여 불합격시키는 것이다.

순간 나는 당황이 되면서도, 육군 입대를 면제받을 수도 있다는 생각에 잠시 흥분했다. 그렇다면 지원병이 아닌 개병제인 우리나라 육군에서도 확실히 면제 받을 수 있을지도 몰라. 문제는 그럴 것이라고 추측하는 것이지 확실히 그렇다고 말하지는 못하는 상황이라는 점이다. 그렇다고 국졸 출신이라든가 3대 독자나 몸에 문신이나 팔 다리에 이상이 있는 등 현역으로 못가는 명확한 증거가 있는 것도 아니다. 더구나 나는 대학 재학생이 아니던가? 내 개인적으로 대단히 중요한 문제라서 현장의 앞뒤 좌우 눈치를 무시하고 검사관에게 물었다.

"그렇다면 저는 육군에서도 면제되는 겁니까?"

"이 친구야! 내가 육군의 기준이 어떤 건지 아나? 그건 육군 신검 검사관에게 물어 봐야지! 안 그래?"

그렇다. 바로 그 불확실성이 나를 불안하게 했다. 그래서 전투경찰(戰鬪警察)에 지원 여부를 알아보니, 제도가 생긴 지 채 3년도 안 되었지만, 역시 지원자가 많아 원서를 낼 때 이미 경쟁률이 10:1이 넘어가고 있었다. 이번에도 "불합격하면 어쩌나?"하고 걱정을 했는데, 국어, 수학, 국사의 3과목을 보는 필기시험에서 상대적으로 점수가 좋았던지 합격 통지를 받았다. 입대 합격통지를 받고 보니 마음이 착잡하였다. 1974년 10월 2일에 논산 연무대로 가기에 앞서 재학 중이던 대학신문 「연세춘추」에 '병역미필'이라는 주제로 〈슬픈 공상 끝에〉라는 짧은 글을 투고해 당선됐다.

슬픈 공상 끝에

그 누가 대학은 진리의 샘터요 낭만의 보금자리라고 말 했는가? 보금자리를 떠나기 싫어하는 마음은 대학생이면 누구나 있을 터이므로, 우리 병역미필자들의 고민이 여기에 있다. 재학 중에 군대를 갔다 올까, 아니면 졸업 후에 갈까? 친구나 선배 혹은 군필자들과의 대화 속에 어쩌다 화제에 오르게 되면 나도 모르게 심각해진다. 때론 아리따운 여학생이나 3대 독자가 되었으면 하는 슬픈 공상도 해 본다. 그러나 대한의 건아라

연세대 신촌 캠퍼스 정문

면 병역의무를 마치는 것이 떳떳하고 또 자랑스럽지 않은가? 논산 육군신병훈련소에서의 강도 높은 훈련도 훈련이거니와 155마일 휴전선에서 용감하게 북괴를 노려보는 것도 또 얼마나 감개무량 할까?

3년 동안이나 캠퍼스를 떠나가는 것이 싫지만, 며칠 전 많은 고심 끝에 나는 군에 지원을 했다. 얼마 있지 않아 입영통지서가 오겠지! 그러면 자랑스러운 국군이 되지 않겠는가? 병역의무를 마치고 캠퍼스에 다시 올 땐 더욱 진리탐구와 자유 수호에 매진해야지! (경제학과 2학년, 정병수)

2. 복무기간과 훈련과정

당시 전경의 복무기간은 34개월이었다. 연무대에서 신체검사를 받은 후 합격하면 일반 육군 신병과 동일한 훈련을 논산 육군신병훈련소에서 받는다. 전투경찰에선 자체 훈련소가 없기 때문이다. 전경은 당시 통상 3개월 시차를 두고 3개 중대병력 정도의 지원병을 선발한다. 필자가 지원한 기수가 16기인데, 전경 기수(期數)만 알면 누가 군 선배인지 후배인지 바로 파악이 된다.

훈련 단계는 3단계로 이루어진다. 1단계는 군사 기초 훈련과정으로 6주간이다. 제식훈련, 총검술, 각개전투, 사격 등을 배우고 연마한다. 이 과정을 마친 후 측정하여 통과하면 이등병(二等兵)

이 된다. 2단계 4주간은 후반기 교육이라고도 하는데 경기관총 (light machine gun)이나 유탄 발사기(grenade launcher, 榴彈 發射器) 등 중화기를 다루는 과정이다.

육군의 신병훈련은 이 교육만으로 통상 끝난다. 그러나 전투경 찰로 자대에 배치되어 근무하기 위해선 3단계 훈련을 또 거쳐야 한다. 당시는 부평에 있던 경찰대학에서 경찰 직무집행법, 유격 훈련, 곤봉 다루는 법 등을 4주간 더 배운다. 논산 훈련소와 다른 것은 훈련도 하지만 대학식 강의 교육도 많다는 점이다.

한 명의 전투경찰이 탄생되기 위해선 훈련기간도 충청도 논산 에서 전반기 6주간에 후반기 4주간 총 10주간의 훈련과 경찰 기 본 교육 4주간을 더해 총 14주간, 일수로 환산하면 100일간이라 는 짧지 않은 시간을 이겨내야 한다. 마치 한 송이의 국화가 노랗 게 피기까지는 찬 서리를 맞듯이 말이다.

3. 전투경찰의 창설과 폐지

1) 1971년 창설, 42년간 33만명 전역

1968년 북한 김신조 등 특수 부대 간첩들의 청와대 습격 미수를 계기로 창설되었다. 전투경찰의 주 임무는 해안과 도시 근처 산악 경비와 경찰의 업무 보조인데, 복무기간은 군 사병과 동일하되 병 역의무로 갈음하도록 되어 있다. 제도가 신설된 지 얼마 안 된 탓

북한 김신조 등 특수부대의 청와대 습격 미수 사건은 전투부대 창설의 계기가 되었다

인지 제도 자체를 모르는 사람이 의외로 많았다. 필자도 전경이 무슨 업무를 하는 건지 건성으로 듣고는 '전투' 라는 단어를 유추 해석하여 휴전선 근방의 민정경찰쯤으로 알고 입대했으니 실소 (失笑)하지 않을 수 없다.

그러나 80년대부터 집회·시위 현장에 투입되는 경우가 더 흔한 업무였다. 사건은 북한 특수부대 소속 31명이 야음을 틈타 휴전 선을 넘어 청와대 습격을 시도한 사건이다. 이 사건으로 대대적인 안보강화 태세 속에 1970년 전투경찰대설치법이 제정됐고, 이듬 해 9월 1,500여명을 시작으로 전경들이 배치되기 시작했다. 지난 1975년 전북 고창 해변에 나타난 무장간첩과의 교전으로 전경 3 명이 사망하는 등 1970년대에만 11명의 전경이 무장간첩이나 북 한 경비정과 교전 도중 전사했다.

1980년 12월 관련법이 개정되면서 '치안업무 보조 임무'가 추 가됐고, 이때부터 전경들은 각종 집회·시위 현장에 투입됐다. 또 한 1981년부터는 경찰에서 선발하던 전경을 징집된 현역병 중 무 작위로 차출하기 시작했다.

2) 42년 역사의 전경제도 폐지(2011.12)

이후 전경은 실제 데모 현장에 투입되다 보니 크고 작은 부상 사고도 잇따랐고, 70년 전사자를 포함해 총 322명의 전경이 순직했다. 비교적 엄한 군기 탓에 구타사건에 휘말리는 일도 적지 않았다. 그러던 전경이 역사의 뒤안길로 사라지기 시작한 것은 2000년대 중반부터다. 병력 자원의 감소와 군 복무기간 단축에 따라 대체복무제의 축소 및 폐지가 논의됐고, 2007년 '사회복무제도 추진계획'이 수립 됐다. 이에 따라 전경은 물론 의경과 해양 전경, 의무소방원, 경비교도, 산업기능요원 등 대체복무 인원이 축소되기 시작했다.

그리고 2011년 12월 입대한 마지막 기수가 전역하면서 이제 전경도 역사의 한 페이지로 남게 됐다. 42년 동안 전경으로 군 복무를 마치고 전역한 인원은 총 33만 9,266명이다. 이날 제3,211기 전역식은 마지막 기수라는 점을 고려해 전국 183명의 합동 전역식으로 진행됐다. 또한 경찰 수뇌부와 전경 대원의 가족은 물론 정진석 국회 사무총장(전경 118기), 권오을 전 국회의원(전경 51기) 등 전경출신 인사들도 참석해 전경의 마지막을 아쉬워했다.

이성한 경찰청장은 "전경은 북한의 도발에 대비해 대간첩작전을 수행하고, 화염병과 최루탄으로 상징되던 격동의 시기에는 사회 갈등과 혼란의 아픔을 온몸으로 받아냈다"며 "비록 전경은 역사의 뒤안길로 사라지지만 조국의 부름에 누구보다 당당했던 33만 전경 여러분을 영원히 기억할 것"이라고 말했다.

3) 전경(전투경찰)과 의경(의무경찰)의 차이

의경은 매달 경찰청에서 지원자를 모집하여 뽑는다. 전경은 영장이 나와 군에 입대해서 신병훈련을 받을 때 무작위로 차출한다. 의경과 전경이 하는 일은 특출 나게 차이가 있다기보다, 근무지를 어디로 발령 받느냐에 따라 어떠한 일을 하게 되는지 정해진다.

일반적으로, 의경을 지원한 경우 특출한 능력과 재능이 없으면 자신의 주민등록상 등록되어 있는 지역의 방범순찰대로 발령 나기 쉽다. 운이 좋은 경우 경찰서, 경찰청, 시골 파출소로 발령이 날 수도 있다.

4. 수용 연대(聯隊)에 대기하면서

1974년 10월 2일 수요일

어제는 '국군의 날' 이기도 하지만, 나에겐 역사적인 날이다. 어쩌면 내 인생에 있어서 한 획을 긋는 전환점이 될 수도 있기 때문이다. 더구나 이 논산이라는 곳은 내 생전 처음이라, 보이는 것마다 신기하고 가슴을 설레게 한다. 나그네 심정이 어쩌면 이런 것이리라. 어제 밤에는 이런저런 생각에 잠도 제대로 자지 못했다.

오늘 오전 10시까지 파출소에 도착하면 되는데도, 낯선 곳이라 그런지 아니면 긴장한 탓인지 일찍 잠에서 깨어났다. 어제 여인숙 주인아줌마에게 아침을 부탁했더니 아침상이 정갈하게 나

왔다. 맛있게 먹고는, 연무대행 버스를 타기 위해 길을 물어 터미널로 향했다. 지난 밤에 약간 내린 비로 묵은 때는 어디론가 사라진 느낌이다. 청명한 하늘에 가끔 쌀쌀한 바람이 옷깃을 여미게 하는 우리나라의 전형적인 가을 날씨다. 문자 그대로 천고마비의 계절이다.

남자들에겐 이 곳 논산이 고된 군사훈련을 받는 훈련소가 있는 장소라서 그런지 정(情)이 들지 않는다고들 흔히 말한다. 과연 사실인지, 아니면 편견에 불과한 건지 혼란스럽다. 9시가 채 되기 전에 터미널에 도착했다. 한 명 두 명 모여드는 젊은 장정들로 연무대 주차장은 금세 발 디딜 틈조차 없어지고 만다.

서먹서먹한 사이지만 장차 자신들에게 일어날 가상의 얘기로 또 친구들로부터 형(兄)들로부터 들은 군대 얘기로 훈련에 관한 정보 시장이 열린다. 그 속에 들어가 흥정을 해야 막연한 불안감에서 탈출할 수 있을지 모른다. 이럴 때 약방에 감초같이 끼어드는 사진 장수나 장사 아줌마들이 사람 사는 분위기를 만들어 준다. 또 사랑하는 애인과 이별을 앞두고 눈물을 글썽이며 헤어짐을 못내 아쉬워하는 모습도 간간이 눈에 띈다. 시간의 흐름 속에 긴장의 순간이 다가옴을 느끼며 내가 할 일을 잠깐 생각해봤다. 정다운 고향과 사랑하는 부모님과 이별한지 며칠 안 되었지만 마치 오래된 것 같이 느껴진다. 우체국의 문이 열리자마자 곧장 달려가, 어머님께 잘 도착했다는 증표로 송신자 연락처도 없이 엽서를 보냈다. 확실하게 입대한다는 보장도 없는 상태인데도 말이다.

어쨌거나 입대 전 마지막 엽서를 초조한 심정으로 써 보내고, 다시 주차장을 돌아보니 장정들로 꽉 차 있다. 날아오는 햇살을 받으며 얼마간 있으려니 저 멀리서 '집합' 하라는 소리가 들려온다. 10시가 채 되기도 전이었다. 본적(本籍) 별로 모이게 한 다음에 집합을 시킨 인솔자는 자기의 지시를 따를 것을 부탁한다.

뒤를 돌아보니 작별의 손들이 좌우로 펄렁이고 있었다. 인솔자를 따라 얼마간 가노라니 oo부대 정문이 나타났다. 입대의 명을 받아서도 별로 근심 걱정 없이 지내온 필자는 군(軍)에 대한 지식이나 정보가 너무나 없었다. "이 곳이 내가 3년간 보낼 장소인가?"

착각도 정도라야지, 더 이상 말해 무엇 하랴? 알고 보니 잠시 대기해서 훈련을 받을지 여부를 결정하는 수용연대였던 것이다.

00부대에 들어오니 눈에 확 띄는 것이 텅 빈 연병장이었다. 종이 한 장 없는 깨끗한 연병장에 이따금 장교들의 씩씩한 모습이 눈에 띌 뿐이었다. "여기가 군대구나!" 하는 어렴풋한 생각이 떠오른다. 아니나 다를까 우리의 인솔자 경찰관이 "군대에서는 담배꽁

초 하나 아무데나 버리지 않는다." 면서 바로 이런 점이 사회와 다르다는 것이다. 그 말을 듣고 보니 그 넓은 연병장에 담배꽁초 하나 보이지 않았다.

인솔자 경찰은 '앉았다 일어섰다'를 반복시키다가, 드디어 신체검사에 들어갔다. 400명이 넘는 장정들 중에서 혹시나 육체적 결함이 발견되면 귀가(歸家) 조치하기 위한 절차다. 그런 검사 과정에서 검사 보조 육군 기간병들은 따분한지 매사에 신경질적이다. 이유없이 구두를 신은 채로 장정들을 차고, 손으로 뺨을 때리는 일이 다반사다. 그것은 충격으로 다가왔다. 후배들이므로 보살펴야 하는데도, 군에서는 정 반대다. 늦게 군 입대했다는 그 한 가지 이유만으로 억울하게 맞아도 정상으로 취급되는 것이 못내 못마땅하다.

맑고 푸른 가을, 즉 창공은 점차 시간이 지남에 따라 솜털 구름으로 변하기 시작한다. 가을이라고 하지만 겨울처럼 춥게 느껴진다. 시간이 가니 X-ray 사진 촬영도 끝나고 외과 검사가 시작되었다. 웬지 과정 하나하나 모두가 지루하다. 더군다나 날씨조차 흐려지고 이따금 뿌려지는 빗방울을 펜티차림으로 맞아야 하는 지경에 이르니 신체검사가 원망스러웠다. 본디 입대 영장을 보낼 때 신체검사는 이미 마친 상태이므로 바로 훈련을 할 것이지 또 신체검사를 하는 이유가 쉽게 납득이 안 간다. 나는 까다로운 외과 검사와 시력이 약한 안과 검사에 신경이 곤두섰다. 결과는 발도 정상, 시력도 정상으로 판명되고, 혈압이 생각 외로 정상이라고 하니 다행이었다. 신체검사가 끝날 무렵, 해가 서산으로 붉은 빛을 감추려하고 있었다.

늦게 저녁 식사에 들어갔다. 식사하면 지금 생각해도 우습다. 장정들은 각각 소대별로 반이 편성되어 내무반으로 들어갔다. 내가 소속된 반은 대부분 경상도 출신 장정들로 모였다. 내무반 안에는 내무반장이 있고, 세 명의 향도(向導)가 있는데, 알고 보니 우리들 보다 일주일 정도 먼저 수용연대로 들어온 장정들이다. 일주일 먼저 왔으니 우리보다 수용 연대 생활을 잘 알고 있고, 군인정신도 더 많이 들었다는 전제하에 우리는 향도에게 존댓말을 사용해야 할 뿐만 아니라, 시키는 대로 해야만 하는 '을'의 입장이 되는 것이다.

우리 소대원 중 향도의 지시 하에 식사 당번이란 명목으로 4명을 차출해 갔다. 잠시 있노라니 식당에서 장정들에게 분배할 밥과 국, 그리고 단무지를 가지고 왔다. 말하자면 밥은 삶은 밥이요, 국은 물에 버터와 무 잎 넣은 것이고, 단무지는 1인당 세 조각뿐이다. 밥을 받아 놓고 보니 서글프다. 사회에서 지독한 가난뱅이도 안 먹는 식사메뉴인데, "군대란 곳은 정말 이런 곳이구나" 생각하니 그동안 생활한 사회가 새삼 고맙게 느껴졌다. 그러나 밥도 받은 즉시 먹지 않고 있다가 모두가 배식을 받았다고 확인된 다음, 향도의 "식사 개시"란 구호가 있은 후에 다 같이 큰 구호로 "감사하게 먹겠습니다." 라고 한 다음에 먹을 수 있었다.

나는 점심을 못 먹어서인지 짠 밥이라도 맛있게 먹었다. 그러나 일부 장정들은 밥을 거들 떠 보지도 않은 채 돌아 앉아 다른 장정들이 식사를 모두 마칠 때까지 눈을 감고 있었다. 식사가 끝나자 잠시 자유 시간이 주어졌다. 담배를 필 장정들은 담배를 피고, 배고픈 장정들은 매점(PX)에서 빵과 아이스크림 등을 사 먹을 수 있었다.

얼마 있으려니까 내무반에 집합하라는 지시가 내려졌다. 내무반에 모여 서로들 이야기를 하고 있는데 갑작스럽게 내무반장의 호령이 떨어진다.

"모두들 조용히 해! 이 새끼들아! 여기가 어딘 줄 알아? 사회가 아니란 말이야!"

삽시간에 내무반은 찬물을 끼얹은 듯 조용해졌다. 반원들은 뭔지 모르지만 어떤 공포감에 사로잡힌다. 군대가 바로 이런 것이겠지?

그리곤 이발을 해야 한다며 윗 겉옷은 벗고 집합을 하라는 것이다. 부슬비가 처량하게 내리는 밤에 비를 맞으며 이발소를 향해 걸어가노라니 이상하기도 하고 우습기도 하였다. 400명이 넘는 장정을 좁은 공간에 처넣어 마구 돌리기 시작한다. 몽둥이에 겁을 먹고 있으면서 이발 순서를 기다리는 동안 노래를 잘 부르는 장정은 노래를 하고, 얘기를 하는데 소질이 있는 장정은 재미나게 얘기를 들려줬다. 그런데 나는 그런 재주도 없는지라, 아무 생각 없이 안심하고 있는데 갑자기 하고 많은 장정 중에 나를 지목하는 것이 아닌가? "나는 노래도 못하고 다른 재주 없다"하니, 자기가 하는 이야기 전개에 그냥 "예!"라고만 대답하라는 것이다. 알고 보니 나를 '성 변태자'로 둔갑시키는 것이었다. 또한 이발이란 머리를 뽑는 것인지 자르는 것인지 모를 정도로 엉망진창이고, 그것도 1명당 평균 이발 소요시간이 2~3분만 할애된다. 면도는 아예 생각도 못 하고, 부랴부랴 세면장으로 달려간다.

그리고 취침시간이 다가 왔다. 쌀쌀하지만 우리는 모포 2장으로 마루 바닥에 정렬했다. "인화단결"이란 구호와 함께 30초 만에 모포 속에 뛰어 들었다. 얼마나 달콤한 공간인가? 종일 시달리던 피곤한 몸이다. 사탕이 입속에서 녹아 나듯이 소리 없이 금세 사르르 꿀잠으로 녹아 들어갔다. 그런데 이것도 잠시였다. 야밤에 찾아온 도깨비처럼 단잠을 깨우는 자가 있었다.

"다음 불침번이야! 일어나!"

"아이고! 제발 잠이나 좀 자게 해주소!"라고 했지만, 짜증난 목소리만 메아리칠 뿐이다.

"다음 불침번이라니까!"

불침번은 1시간 동안 막사를 경계해야한다. 사회에서 밤중에 일어나 본 적이 없는 나에겐 정말 힘들었다. 물론 1시간 후 다음 장정에게 인계하고 또 다시 잠 속으로 스르르 빨려 들어갔다. 군 막사에서의 첫날밤이었다.

5. 턱걸이로 훈련병에 합류

10월 3일 목요일

6시 기상 나팔 소리에 눈을 떴다. 그 다음 무엇을 해야 할지를 모르는 우리들은 그저 지시 하는 대로 기다릴 수 밖에 없었다. 일조(日朝) 점호를 한다. 알고 보니 장정 수를 헤아려 보는 것이 목적이었다. 일조 점호를 한 다음, 청소를 하고 아침식사에 들어갔다. 오늘은 개천절 국경일이라 별다른 일 없이 막사 안에서 또는 매점에서 휴식을 취할 수 있는 자유시간이 생겼다. 그런데 들리는 소문에 의하면 신체검사에서 갑종(甲種) 등급자는 입영에 문제가 없지만, 1종으로 판정된 자는 귀가 조치가 내려질 거라는 것이다. 나는 속으로 걱정이 되었다.

수용연대엔 우리 전경 요원 외에 여러 지방에서 많은 장정들이 와 있었다. 아직 훈련소로 가지 못하고 대기병으로 벌써 일주일째 기다리고 있는 자도 많았다. 그런데 뜻밖에 고교 절친 심 현제를 만날 줄이야! 고등학교 동기생으로 그 친구가 나보다 며칠 앞서 이 수용연대에 와 있었던 모양이다. 그러다가 전경 요원이 입소했다는 소리를 듣고 나를 찾아 온 것이다. 왜냐하면 내가 언제 전경 대원으로 입대할 거란 것을 알려주었기 때문이다. 얼마나 반가웠던가? 우리는 막사 뒤로 자리를 옮겼다. 먼저 빡빡머리인 채 서로를 보고 웃기부터 했다. 사실 현제는 내가 입대하기 전 며칠 동안 소식이 없었다. 그랬는데 말도 없이 나보다 먼저 군에 온 것이 믿어지지 않았다.

"현제야! 어떻게 된 게야?"

" 묻지 마. 그냥 그렇게 됐어!"

이런저런 이야기 끝에 자기는 어쩌면 귀향할지도 모른다는 것이다. 나도 신체검사에서 1등급을 받았기 때문에 어쩌면 같은 신세가 될지도 모른다고 위로했다.

드디어 오후에 입대자와 귀향자를 구분하며 호명한다. 이곳까지 온 이상 끝내 집으로 돌아가고 싶지는 않았다. 갑종 등급을 받은 명단을 부른 다음, 그 인원이 3개 중대 병력에 부족한 지 나머지 부족 장정을 1종 등급에서 충당하기 위하여 호명한다. 정말로 가슴 졸이게 한다. 겨우 끝에서 몇 명 남기고 내 이름이 불리는 것이었다. 호명되는 순간 왜 그리 좋아했을까? 겨우 턱걸이 훈련생이 되는 셈이다.

하늘이 열린다는 개천절 날의 하루 일과를 피동적으로 끝마치면서 이틀째 군 막사에서의 잠을 위해 오늘도 모포 두 장으로 몸을 감쌌다.

"하마터면 오늘 큰일 날 뻔했다."

"내일이면 수용연대를 떠나 훈련소로 가겠지?"

안도의 한 숨을 쉬며 단꿈으로 빠져들었다.

전반기 훈련과
빛나는 이등병

2부

전반기 훈련과 빛나는 이등병

1. 25연대를 향하여 출발

♣ 10월 4일 금요일

아침을 먹고 나니, 내무반장이 우리들은 오늘 훈련소 25연대로 가게 될 것이므로 준비를 하라는 것이다. 그 소리에 신체검사 결과 훈련소에 같이 합류 못하고 귀가 조치된 장정들은 "다음 기회에 다시 꼭 오겠다." 며 아쉬운 작별인사를 하는데, 눈시울이 뜨거워진다. 귀가(歸家) 장정들과 훈련소로 가게 될 360명 우리들이 무슨 차이가 있기에 이런 희비를 연출한단 말인가? 나는 귀가 집단에 포함되지 않은 것만으로도 다행이다 생각하며 훈련소에 갈 준비를 마쳤다.

준비의 핵심은 "훈련병들은 훈련 기간에는 돈을 직접 보유하지 못하도록 규정되어 있으므로 돈을 구내매점(PX)에 맡기고 대신 돈표와 교환하라." 는 것이다. 나도 쓰다 남은 몇 푼을 맡겼다. 10시쯤이 되자, 훈련소의 중대장, 소대장, 조교들이 나타났다. 눈이 보일 듯 말듯이 모자를 눌러 쓴 채 "차려, 열중 쉬어"를 반복하더니, 몇 명이 "줄을 잘못 섰다." 는 이유로 보기에도 민망하고 아찔할 정도로 우리를 무참히 짓밟는 것이었다. 일종의 기선 제압이다. 듣긴 하였지만 실제 그렇게 맞는 것을 본 적이 없는 순진한 나로서는 마음의 상처를 받을 수 밖에 없다. 초긴장으로 정신이 번쩍 든다.

곧이어 키를 기준으로 대 중 소로 줄을 세우고는 피복을 지급하기 시작했다. 이에 겁에 질린 장정들은 정신이 없다. 옷이 크고 작고, 맞고 안 맞고는 애시당초 안중에도 없다. 몸에 걸치기만 하면 된다는 식이다. 그리고 훈련화도 지급 받았다. 푸른 제복을 입은 장정들은 서로 어색한지 싱겁게 웃는다. 저승사자같이 지켜보는 조교들 앞에서 우리는 중국의 고사에서 천리 길을 단숨에 달렸던 조자룡 같이 민첩하게 움직이기 시작했다.

입고 왔던 옷, 신발은 모두 소포로 싸 집으로 보내버리고, 펜티에서부터 머리까지 새로운 모습으로 탈바꿈되었다. 그리고 11시 정도가 되어 우리 장정들은 조교의 구령에 따라 수용 연대를 떠나 드디어 25연대 훈련장으로 향했다. 세면 백(bag) 하나만 들고 오른 손은 90도를 유지하며 간간이 구보도 하며 4㎞가 넘는 길을 구령에 맞추어 갔다.

남들이 보기에는 씩씩한 것처럼 보이지만, 정작 우리들은 긴장

되기도 하고 한편으론 어색해 우습기도 했다. 몇몇 장정들은 처음 신는 새 훈련화로 발뒤꿈치가 까져 걷지를 못했고, 소변은 무조건 참아야 했다. 들판은 황금물결로 출렁이고 있고 강아지들은 뛰어 놀고 있는데, 지나는 행인들을 포함한 사람들은 너무나 대조적으로 무표정하게 우리들을 대한다. 이마에 땀방울이 맺히는가 싶었는데, 논산 육군신병훈련소 정문을 통과한다. 나는 마음속으로 주문처럼 말했다.

"언젠가 교육이 끝나는 날이 오겠지? 그때쯤이면 바람에 흔들리는 코스모스도 떨어져 사라지고 없겠지! 그 날이 오기까지 참고 또 참아 견딜 것이야."

이윽고 전반기 교육을 받을 25연대에 도착했다. 우리 3개 중대 360명은 120명씩 묶어 한라산 중대, 지리산 중대 그리고 설악산 중대로 구분했다. 나는 지리산 중대로 분류되었고, 각 중대는 다시 한 소대 40명씩 3개 소대로 편제시키고 1개 소대 40명은 다시 10명씩 4개 분대로 나누었다. 난 1소대 소속이었다.

2. 내가 시범 케이스가 되다니

중대별 소대별 분대별로 순서대로 내무반에 들어서자, 그간 듣던 군 내무반이 바로 이런 곳이구나 싶다. 앞으로 훈련받을 고생을 상상하고 있는데 언제 조교가 따라 왔는지, 좌우 양 내무반의

중간 복도에 서서 침상 끝에 일렬로 세우더니 기합부터 넣는다. 이 정도의 기합 정도는 예상하고 있었다. 여기가 전쟁에 대비하는 병력을 훈련시키는 곳이니 긴장해야 하는 것은 당연하다. 그런데 눈이 부리부리한 조교가 내 앞에 서더니 전혀 예상하지 못한 명령을 내린다.

"너, 훈련병!"

"예, 훈련병 정병수"

"너는 지금부터 향도를 맡아!"

향도는 학급의 반장 격이다. 순간 "군대에선 중간만 해야 편하다"는 말이 떠올라 큰 소리로 말했다.

"전 능력이 없어 향도를 맡을 수 없습니다."

"뭐라고? 너 지금 뭐라고 했어?"

"향도를 맡을 수 없다고…"

내 말이 채 끝나기도 전에

"이 새끼가 지금…"

주먹이 날아오고 발로 수없이 차여 반 기절을 했다. 한 번도 경험하지 못한 구타로 만신창이가 되었고, 아픔과 서러움에 눈물이 흘러 내렸다. 조교는 직성이 안 풀렸는지 기어이 나에게 2분대장을 맡긴다. 내가 맡은 2 분대의 주요 업무는 중대원 전원이 사용하는 화장실 청소 담당이었다. 향도를 거부한 죄는 생각보다 직접적이고 아프게 다가 왔다. 분대 대원들이 아무리 화장실 청소를 열심히 해도 얼마 지나지 않아 배가 아프다며 오는 대원들의 훈련화에 묻은 흙 등으로 화장실은 깨끗해질 순간이 없었다. 그렇다고 화장실에 못 들어오게 할 수도 없지 않는가? 급하게 볼 일을 보다 보면 본의 아니게 화장실이 지저분해지니 구조적으로 지적 받을 일이 생기는 것이다. 그럴 때마다 분대장이 대표하여 질타를 받거나, 때로는 몽둥이질을 받아야만 했다. 언제 생길지 모르는 공포의 연속인 나날이었다.

오후에는 관물 정리에 많은 시간을 소비해야만 했는데 또 다 떨어진 옷을 입다 보니 바느질로 기워야 했다. 바늘을 미쳐 준비못한 훈련병들은 아직은 서먹한 사이라 바늘과 실을 빌리기도 쑥스러워했다. 그래도 어김없이 지구는 돌아 하루는 가고 있었다.

3. 훈련병과 사역

♣ 10월 5일 토요일

6시 기상 나팔 소리에 후다닥 일어났다. 3분 만에 모든 동작 완

료하고 운동장에 집합해야 한다는 것이다. 서두르기는 하지만 익숙하지 않은 우리들은 노력에 비해 정렬이 되지 않았다. 당연히 기합이 기다리고 있다. 하지만 첫날이라 용서해 준다는 것이다. 오늘부터 우리는 장정(壯丁)이라는 호칭이 떨어지고 훈련병이라는 새로운 대명사가 붙게 되었다.

훈련병!

앞으로 훈련병이란 이름으로 얼마나 많은 괴로움과 슬픔을 견뎌야만 할까? 사랑하는 부모 형제 친구 애인과 헤어진 채 "우리는 국방의 의무를 수행하기 위한 기초적인 지식과 체력 연마를 위하여 여기에 왔노라!" 라고 주입받고 있지만 아무래도 속마음과는 거리가 있다.

오늘은 토요일이다. 첫 번째 시간은 중대장의 훈화였다. 대충 이야기를 하시고, 중대장은 집안에서 아버님과 같은 것이고 소대장은 어머님과 같다고 하면서 마치는 그날까지 인내하며 훈련을 받아 달라고 한다. 이어 소대장의 말씀이 있고 총검술 제식훈련에 들어갔다.

"좌향 앞으로 가! 우향 앞으로 가! 뒤로 돌아 가!......."

학교에서 교련시간을 통해 얼마나 많이 들었던 말인가? 그 모든 것이 숙달을 요하는 것이고, 이를 위하여 첫날부터 매질이다. 매질이 곧 효율성과 비례하는 것도 아닐텐데 말이다.

점심 시간에는 라면을 먹게 되었다. 라면 1개에 달걀 1개, 맛도 맛이지만 고된 훈련 탓에 배가 고파 그렇게 맛이 좋을 수 없었다.

수용 연대에서만 하더라도 배가 부르다면서 먹지 않던 밥을 이젠 부족하다며 밥 타령이다. 오후에는 사역(事役)이 시작되었다. 사역이란 정해진 교과 외의 잡일을 말한다. "전달" 하는 소리에 훈련병들은 가슴 졸이며 조용해진다.

"각 소대, 새마을 사역병 5명, 훈련화 신고 선착순 운동장 집합!"

후다닥 무섭게 번개같이 모인다. 그나마도 늦게 모이면 뺨과 기합은 각오해야 하기 때문이다. 사역과 청소를 하다 보니, 어느새 태양은 서산으로 기울기 시작하였다

자유시간, 자습시간, 정훈시간을 보내고, 점호시간으로 이어진다. 9시 30분, 일석점호는 내무반장의 매질시간이다. 가슴을 졸이는 40분을 운이 좋기를 바라며 참아야 한다. 어김없이 기합에서 기합으로, 몽둥이에서 몽둥이로 끝난다. 불안감을 조성한다. 그래야 다른 잡념없이 훈련에 임할 수 있다는 전 근대적 접근방법이다.

"10월 5일 일석점호 끝!"

정말 듣고 싶은 말이다. 이후는 취침하면 되니까 말이다. 30초 만에 매트리스 깔고 모포 3장 사이로 들어간다. 분대장 자리는 창가라 달빛이 비친다. 보름달이 언제 하현달로 변하였는지 모르나 달빛이 포근하게 나를 안아 준다. 언제 또 다시 보름달로 변하여지려나? 하루의 피곤이 잠과 함께 녹아내린다. 갑자기 어머님이 그리워진다.

"어머님! 오늘도 잘 계시는지요? 이 자식은 낯선 환경에도 잘 적

응해 가고 있답니다. 걱정 안 하셔도 됩니다."

4. 점호시간이 무서워

♣ 10월 6일 일요일

7시 기상, 처음 맞는 일요일이다. 일요일은 하루 일과가 사역에서 시작하여 사역으로 끝난다 해도 무리가 아니다. 날씨까지 갑자기 춥다. 추운날은 우리 훈련병에겐 좋지 않다. 그런데 예상하지 못한 소식이 전해졌다. 오후 4~5시에 영화 관람이 있다는 것이다.

"웬 영화 관람이지?"

나치가 유대인을 가스실로 유인하여 몰살시키면서도 목욕할 것이라고 달랬던 것처럼, "우리도 영화 관람시켜 준다면서 힘든 사역을 시키려고 하는 것은 아닐까" 라는 불신의 선입감에 발걸음이 무겁다. 연무대에 도착하니 다행히 벌써 A연대, B연대, C연대 등의 훈련병들이 영화 시작을 기다리고 있었다. 해진 작업복에다 누렇게 뜬 얼굴들이 보기에 민망스럽다. 흰 얼굴이었던 저 청춘 미남들이 훈련으로 햇볕에 그을려 구리 빛으로 변해 있었다.

우리 전경 훈련병들은 서로 얼굴을 마주 보며 소곤댄다.

"우리들도 언젠가 저렇게 될 날이 오지 않겠어?"

구릿빛 얼굴이 마냥 부러웠다. 옆 좌석에 앉은 훈련병이 자기들은 화요일이면 자대로 배출된다는 것이다. 그러면서 우리를 보고 "고생 더 해야지!" 하며 동정을 보낸다. 그야말로 자기들은 고참 훈련병이고, 우리는 새까만 후배들이라고 놀리는 것 같았다.

일요일 저녁 점호는 특히 엄하다. 월요일 훈련에 대비하라는 신호인지 모르겠지만, 달을 가르키는 손가락만 보고 달을 보지 못하는 숙달된 자의 형식적이고 교만한 자세 그 이상도 그 이하도 아니다.

"차려 자세의 목적이 뭐냐? 부동자세를 모르냐? 소위 고등교육을 받았다는 놈들이 이렇게 밖에 하지 못해?"

소대장, 내무반장, 일직하사가 소대를 돌며 점호인지 퀴즈시간인지 모르는 질문을 정신없이 해댄다. 즉각적인 대답이 없을 땐 지휘봉이 허공을 난다. 정신을 어디다 두야 할지 모르겠다. 회의(懷疑)가 생긴다. 이렇게 하면 적군을 방어하는데 무슨 도움이 될까? 청소여부도 점호 시간의 주요 체크 사항이다. 불량이면 몽둥이로 맞는다. 맞고 보면 아픔보다 서러움이 앞선다. 비록 군이란 특수한 집단이지만 마음은 불안하고 그러면서도 고된 훈련을 견뎌내야 하루가 끝나니 말이다.

마음속 깊은 곳에서는 "이건 아니다" 싶다. 모든 것이 소화불량 증세인데, 실제는 소화는 물론이고 오히려 배가 고픈 이율배반적 환경 속에서 하루하루를 지낸다. 점호의 참 뜻은 어디로 간 것일까? "그 참 뜻을 살리자"고 하면 논어(論語)를 비판하는 선현들이 사문난적(斯文亂賊)으로 오해될 터이니 말이다.

♣ 10월 7일 월요일 ~ 10월 12일 토요일

10월 7일부터는 훈련의 강도가 높아지고, 서신 보안 체크도 강화되는 눈치이다. 메모도 조심스럽다. 그래서 며칠간을 한 번에 기록하기로 했다. 기록하지 못한 날도 많다. 그런 경우 날짜를 정확히 기억할 수도 없고 또 자료가 없으므로 기억이 나는 것 중심으로만 훗날 기록한 것이다.

5. 때리면 맞는 수 밖에

전반기 6주 훈련 중 첫 1주 동안 우리는 대부분 제식훈련과 총검술에 역점을 두고 훈련을 받았다. 제식훈련 정도는 이미 배운 것이라고 생각하면 오산이다. 사실 단체 협동정신을 기르는데 도움이 된다. 그래서 사회주의 국가나 공산주의 국가에서는 종종 무슨 행사 때마다 전율을 느끼게 하는 제식 행렬을 인민들에게 보여줌으로써 한편으론 인민의 단결심을 또 한편으론 무언의 중압감을 심어주는 것이 아닐까?

제식 훈련은 숙달이 되기까지 얼마나 괴로움을 겪어야 했는지 모른다. 왜냐하면 훈련의 끝이 없는 종목이기 때문이다. 그러니 훈련 조교들의 주관적 마음에 반도 안 차는지 그냥 반복 연습으로 종일 돌린다. 조교가 신경질이 나면 이번에는 선착순 뛰기에다 쪼

그려 뛰기 그것도 미흡하다 싶으면 '정권(正拳) 단련' 이라는 미명 하에 푸쉬업을 몇 번씩이나 시킨다. 마지막은 육탄이다. 그렇다한 들 어쩔수 없지 않냐? 때리면 맞는 수밖에. 맞아도 제발 뼈는 이상 이 없기를 바랄 뿐이다.

다행인 것은 훈련소에서 교육 시간과 휴식 시간은 정확하게 구 분하여 운영한다는 점이다.

"10분 간 휴식!"

우리는 이 10분을 위하여 그 힘든 교육 시간을 참는 것이다. 그 짧은 시간을 얼마나 갈망하는가? 땀에 젖은 얼굴을 식히고 애연 가에겐 담배 한 개피의 참된 휴식을 맛볼 수 있다. 흡연 중에 고 향 하늘을 쳐다보기도 하고, 잘 모르는 옆 훈련병의 고향이 어디 냐고 묻기도 하면서 안면을 익히는 귀한 시간이요, 한없이 고마운 10분이다. 조금 있으려니까 "휴식 끝!" 이라는 소리가 들려온다. 가장 듣기 싫은 말이다.

6. 이유를 묻지 마라.

나의 경우 운동에 핸디캡이 있다. 어릴 때부터 운동 신경이 발달 하지 못한 탓인지 뛰기에는 늘 꼴찌였다. 그 이유에는 '준 평발'도 한 몫을 하는가 보다. 그러다 보니 군이라는 특수 사회가 요구하 는 조건에 적합도가 낮아 곤란을 겪게 되는 것이다.

비바람이 귓 볼을 스치면 귀가 떨어져 나갈 정도로 추운데, 이유도 없이 M-1 소총을 메고 연병장을 몇 바퀴 돌게 하니 기진맥진이다. 때마침 장대비가 쏟아져 내려 중단하긴 하였지만 옷은 이미 젖은 상태다. 왜 그래야 했는지 이유를 모른다. 이스라엘 속담에 "질문이 없으면 성장과 발전도 없다"고 한다. 한 번은 식사 당번으로 취사장에 갔다. 취사장에서 밥을 타기위하여 기다리고 있는데 갑자기 상병이 워커 발로 차는 것이 아닌가? 지금 돌이켜 생각해 봐도 왜 매를 맞았는지 모르겠다. 하여튼 우리 군은 왜(why)를 용납하지 않는다. 시키면 시키는 대로, 때리면 맞고, 주는 대로 먹는 것이 편한 생존 방법이다. 이곳에서 훈련병이란 존재는 생각하는 인간이 아니라 생각없는 연체동물 수준이다.

저녁이 되자 창문을 통해 달빛이 빼꼼이 내비친다. 고향 생각이 난다. 웅크린 상태로 눈을 감는다.

"내일은 또 내일의 태양이 떠오르겠지?"

♣ 10월 13일 일~11월 8일 금요일

7. 일요일이 좋아

13일은 일요일이다. 얼마나 기다리던 일요일이었던가? 아침에 늦게 일어날 수 있는 것이 가장 좋았고, 특수 훈련이 없어서 좋았다. 그러나 항상 사역으로 신경이 쓰이니 괴롭다. 실상 사역으로 차출되고 보면 별 것도 아닌데, 문제는 종일 사역에 붙잡힌다는 점이다.

일주일 정도 지내다 보니 그래도 대충 낯도 익히고 마음에 드는 친구도 찾을 수 있었다. 그리고 일요일이면 유일한 낙이자 기쁨은 영화 관람이다. 영화라 해도 필름을 이리 빼고 저리 빼 영화 줄거리도 어떨 때는 연결되지 않았지만, 영화 관람 동안이라도 잠을 편히 잘 수 있는 유일한 시간이기 때문이다.

뿐만 아니라 우리보다 며칠 정도의 훈련 고참을 만나기라도 하면 훈련소 생활에 관한 생생한 얘기를 들을 수 있어 좋았다. 일주일 내내 긴장 속에서 훈련을 받다 이렇게 약간의 자유로운 담소를 나눌 수 있는 여유가 있기에 살 수 있는 것이다. 심지어 햇살 좋은 날씨라도 되면 이왕에 받는 훈련이지만 감사하지 않을 수 없다.

8. 이 와의 전쟁

어릴 때 겨울이 되면 몸 관리를 청결하게 유지하기가 쉽지 않았다. 농촌에는 목욕 시설이 없어 가마솥에 물을 데워 목욕하던 생각이 난다. 그나마 그것도 자주 할 수 없는 환경이라 설날과 추석에 주로 목욕을 했던 것 같다. 손도 더운 물에 자주 씻을 수 없다보니 겨울이 되면 손등이 트곤 하였다.

그래서인지 이(sucking lice)나 벼룩이 우리 몸에 기생하기에 좋은 환경을 제공하는 꼴이다. 이가 많으면 몸이 가렵고, 가려워 긁으면 습진 등이 생겼다. 특히 이는 의복에 붙어서 흡혈하고 거기에 알 수백 개를 산란하므로 잘 보이지도 않는 조그만 이 한 마리가 내복으로 침투하면 금세 이 천국으로 변한다.

현재는 거의 볼 수 없으나 전에는 빈민굴·군대·교도소 등에 만연되어 발진(發疹)티푸스·회귀열 등의 전염병을 매개하였다. 크림전쟁·발칸전쟁·제1차 세계대전에서는 이로 인한 사망률이 높았다고 한다. 이란 놈은 밤새 이 사람 저 사람에게로 이동하기에 한 사람이 이에 감염되면 전 대원이 모두 감염된다. 그래서 70년대 중반부터 사용이 금지된 농약 계통인 DDT이지만 우리는 다른 대안이 없어 사타구니와 양 겨드랑이에 '이 퇴치 DDT주머니'를 차고 다녔다. 지금은 거의 이를 볼 수 없는 상태에서 반세기 전의 이야기이지만 호랑이 담배피던 먼 옛날의 이야기로 들리는 것 같아 미안해진다.

9. 화랑담배와 드롭프스(알사탕)

입대하는 자의 연령은 만 20세 전후로서 대부분 담배를 핀다. 당시의 담배는 필터가 없는 '화랑'이라는 담배였다. '10분간 휴식' 하면서 피는 담배 맛을 말하여 무엇하며, 그 피는 순간은 흡연자에

겐 행복 그 자체란다. 한 때 아버님께서 담배농사 수입이 좋다하여 전매청에 납품하기 위해 밤새 담배 굴에 불을 피우던 적도 있었고, 부농은 아니지만 집에 머슴이 있던 관계로 담배와 가까이 할 수 있는 환경 속에 살았다.

그러나 나는 지금껏 담배를 피우지 않고 있다. 그것은 담배가 몸에 해롭다하여 피우지 않은 것이 아니라, 체질적으로 니코틴을 거절하는 체질 때문이 아닌가 생각된다. 어쨌던 담배를 안 피우므로 드롭프스를 받아먹었는데, 나처럼 사탕을 먹는 훈련병의 수가 1개 소대에 20% 미만인 것 같았다.

하루는 담배 피는 동료대원들의 모습이 그럴싸 해보여 캔디에서 화랑으로 교체하여 보았다. 그러나 그 맛은 나에게 아무런 의미도 없고, 목만 껄껄해 다시 드롭프스로 환원하였다. 그런데 이상한 현상은 흡연자가 금연에 성공하면 담배 냄새를 극도로 싫어하는 경우를 종종 보게 되는데, 나는 이상하게도 담배를 피우지 않아도 담배 냄새를 싫어하지도 않고 오히려 그 담배 냄새가 구수하게 느껴질 때가 있다는 점이다.

10. 펜티 1장으로 2주간 지내다.

당시 수용 연대에서 피복을 받을 때 펜티는 무명 펜티 1장 뿐이었다. 훈련을 받다보면 땀도 나기 마련이고 그럴수록 특히 펜티는 자주 갈아입어야 한다. 그러기에 25연대에 오면 추가 지급이 될 것으로 알았다. 그런데 중대장의 얘기로는 경찰 측의 행정 착오로 펜티 2장 지급될 것이 1장으로 예산 편성이 되는 바람에 이렇게 되었다며 추가 지급이 조기에 되도록 요청 중이라고 한다. 결국 열흘 후에야 추가 지급이 되었으니, 훈련을 받는 동안 불편이 이만저만이 아니었다.

훈련 3일 째였다. 펜티를 빨지 않고 계속 입기에는 도저히 견딜 수가 없었다. 노 펜티로 바지를 입기로 하고 펜티를 빨았다. 난생 처음 노 펜티로 다닌다는 것이 정말 불편하다는 것을 실감했다. 그런데 훈련을 끝낸 저녁에 빨아둔 내 펜티를 입으려고 찾았는데 아뿔사! 펜티가 없어진 것이 아닌가? 정말 황당했다.

알고 보니 게으른 내 옆 동료가 내가 빨아둔 내 펜티를 입고, 빨지 않은 자기 펜티를 내 관물함에 넣어둔 것이다. 그 기발한 발상도 발상이지만 평소 거짓말도 자주 해 전반기 훈련기간 내내 불편한 관계였다. 더구나 그 친구는 긴장하면 말을 더듬는 경향이 있었다. 하루는 점호 시간에 모두 긴장해 있는데 말을 더듬다 보니 다른 대원들이 킥킥거리다 단체 기합을 받은 적도 있었다.

11. 악질 내무반장

내무반장이라 함은 한 소대의 책임 사병으로 학급의 담임선생 같은 역할을 한다. 주로 상병, 병장 등 병영 경험이 많은 자가 맡으며, 점호 등을 주관함으로써 훈련생에겐 지대한 영향을 끼치는 인물이다.

가) 내무반장의 교체

입소한지 한 주일이 끝나갈 무렵 내무반장이 교체되었다. 지금까지의 내무반장은 전역 날짜가 얼마 남지 않았기에, 대신 상병 안oo이 맡게 되었다. 대면하는 첫날 휴가를 갔다 방금 귀대한 탓인지 취기 상태로 보였다. 내무반장이 우리들에게 부탁한다면서 첫째, 양심을 현실에 타협하지 말고, 둘째, 시키면 시키는 대로 하라는 것이다. 특히 "조개가 진주를 품을 수 있는 것은 패배자의 설움 때문이 아니라 희망을 내포한 일종의 승리자" 라면서, 훈련과는 관계없는 알듯 모를 듯한 말을 하더니 뜬금없이 자기는 25 교육연대에서 3대 악질 중의 한 사람임을 강조한다.

키는 땅딸막하고 무뚝뚝한 표정으로 자기 과시가 심했다. 서강

대학교 3학년 재학 중에 데모하다 끌려 왔다는 것이 영광인양 강조하는 모습이 인간미와는 거리가 있어 보였다.

아니나 다를까 점호 시간이 시작되자, 우리들의 손이 가지 않는 전등 뚜껑, 액자테두리 등을 샅샅이 보고는 선임분대장 2분대장 3분대장 4분대장을 불러 주의사항부터 열거한다. 행동을 신속하고 철저히 하되, 그렇게 이행하지 않으면 신상이 괴로울 것이라고 겁도 준다. 어느 날 소대장이 불시에 우리를 집합시키고는 내무반 생활이 엉망이고, 소대원간 단결이 잘 되지 않는다며, 우리 소대원들은 분대장을 중심으로 잘 해 줄 것을 부탁한 적이 있다. 그러기에 우리 소대는 나름 단결과 협동정신으로 열심히 잘 해 보려 노력하고 있었다.

내무반장이 소대장과 짜고 치는 것인지, 소대장으로부터 불명예스럽게 한 마디 들었다며 우리들의 노력이 눈에 차지 않다고 평가하고 방망이로 발바닥 10대, 손바닥 10대를 때린다. 이어 '뒤로 취침, 앞으로 취침'을 하게 하다가 선착순 달리기를 시키니 몸은 땀으로 뒤범벅이 된다.

이런 것이 군 전력에 무슨 도움이 되는지 의문이다. 첫 대면에서 지성인이라며 허풍떨던 기백은 어디로 갔을까? 착한 며느리가 못된 시어머니 밑에 있다 보면 닮아가듯 아니 더 못된 며느리가 되어간다는 말이 있듯이 데모하다 왔으면 독재를 반대했다는 뜻인데 민주화는 어디에다 버리고 훈련병들을 주관적 화풀이 대상으로 삼는가?

나) 악질 내무반장

우리 내무반장이 처음으로 교육을 시작할 때다. 땅딸막한 키에 야무지게 생겨 교육을 과연 어떻게 시킬까 궁금했다. 그랬더니 소대원을 모아두고 먼 산만 바라보고 모기만한 작은 소리로 말하는 것이 아닌가? 뒤에 있는 자는 제대로 듣지 못하여 안절부절 했다. 그랬더니 소대원 전원에게 훈련을 중지시키고 기합부터 준다.

원인은 자기인데 왜 우리 보고 책임을 전가시킬까? "하나 하면 엎드리고, 둘하면 차려 자세를 취하라"는 것이다. 땅은 자갈 바닥이다. 10번 정도 하고 나니 주먹이 아려 온다. 20번 30번이 되니 이제는 아프다 말고 무감각해진다. 마음 깊은 곳에서 분노가 치솟는다. 다른 명령이 있을 때까지 엎드렸다 일어 섰다를 반복하다 보니 정말 악이 차오른다. 얼마나 참고 삭혀야 했는지 모르겠다. 휴식 시간에 보니 정강이가 깨어져 피가 흐르고 있었다. 울 수도 웃을 수도 없다. 내가 왜 군대에 지원하여 이런 양두구육(羊頭狗肉) 하는 내무반장을 만나 쓸데없는 고생을 해야 하는지 후회스럽다.

갑자기 김일성이 미워진다. 그만 없었다면 우리가 이토록 고생할 필요가 있을까 싶다. 하기야 남북이 갈라지기 전인 이조시대나 일제 시대에도 사색당파니 하여 정파가 분리되고 우리의 상대적 빈곤도 여전했다. 그러나 오늘날 70년대 세계는 그런 상황 환경과는 다르다. 우리는 얼마든지 발전할 수 있고 잘 살 수 있기 때문이다. 내 한 몸이라도 국방의 방패가 되어 나간다면 더 잘 사는 나라를 만드는데 조금이나마 도움이 될것이라고 확신한다.

교육을 마치고 내무반에 들어온 우리는 서로의 정강이를 보니 그저 웃었다. 특히 "군대, 훈련소란 곳이 이렇구나!" 라면서 말이다. 달력을 보니 분명히 10월이고 솔솔 바람 부는 가을이었다. 천고마비의 계절이다. 코스모스 한들거리는 캠퍼스에서의 가을축제가 생각난다. 그러나 그것은 현재의 나의 위치에선 사치스러운 잡념이다. 이제 까마득한 먼 옛날의 일로 떠나보내야 이 훈련기간을 버틸수 있을것 같았다.

12. 다양한 부류의 훈련병

많은 소대원과 생활하다 보면 한두 명은 마음에 들지 않는 경우가 있다. 요즘말로 주는 것 없이 미운 사람 말이다. 본인 혼자의 존재만 알고, 다른 사람의 의견은 무시하고, 또한 "합력(合力)하여 선(善)을 이루자!"고 해도 자기는 소질이 없다느니, 해야 할 다른 일이 있기 때문에 시간이 없다느니 하면서 이 핑계 저 핑계로 뒤꽁무니를 뺀다.

특히 사역하러 나오라고 하면 더더욱 그런 현상이 두드러져 본성이 어떤지를 알 수 있다. 맹자(孟子)는 사람은 태어나면서 '측은지심(惻隱之心)' 이 있기에 착하고 선하다는 '성선설(性善說)'을 주장한 반면 순자(荀子)는 성악설(性惡說)을 주장했다.

경영학 이론에도 인간을 두 종류로 나누어 'X이론으로 사는 사

람'과 'Y이론 위에 사는 사람'이 있다는 것이다. X이론이란 사람
은 그냥 자율적으로 놓아두면 게으르고 일을 하지 않을 사람이므
로 생산성을 위해서는 통제하고 감시해야 한다는 주장이다. 반면
Y이론은 인간은 동물과 달라 분위기만 잘 맞추어 주면 간섭 없
이도 스스로 잘 한다고 주장하는 이론이다. 소위 민주적 리더쉽
이 탄생되는 배경이기도 하다. 그런데 과연 그런가? 완전한 성선
설도 완전한 성악설도 없으며, 완전 X이론도 완전 Y이론도 없는
것 같다.

　우리 전경 대원들도 마찬가지다. 전국 각지에서 모인 장정들로
구성된 360명은 학력도 다르고 살아온 환경도 다르고 특기도 다
르다. 어쩌다 휴식 시간에 어떤 훈련병이 노래를 부르면 하도 잘
불러 "가수가 아닌가?" 하고 의심하기도 했다.

　사역만 해도 그렇다. 누구나 사역하기 좋아하는 사람은 없다. 또
우리에겐 10월이 마치 한겨울인양 춥기만 하다. 부르튼 손, 일그
러진 얼굴들, 웃음기 가신 표정, 한 번 상처난 부분은 잘 아물지
도 않는다. 뛰고 구르고 넘어지고 또 맞고 하니 사역을 피하고 싶
다. 그런데도 부르면 기꺼이 나가는 친구를 보면 분대장으로서 한
없이 고맙다.

　내 바로 옆의 훈련병은 외동아들로 휴학하고 입대했는데 심한
추위 때문에 상처가 낫지 않고 교육이 끝나는 날까지 핏자국 상처
로 얼룩져 있었다. 그 친구 때문에 화장실 청소를 담당한 우리는
꽤나 힘들었다. 그 친구의 개인 사정이야 자세히 알 수 없지만, 전

반기 훈련이 끝나는 날 내게 다가와 "그동안 정말 고마웠다'고 조용히 말하는 것이다.

13. 군인과 군가

군가(軍歌)는 사기를 높이고 단결을 하는데 필수적이며 용기를 북돋우며 정신을 한 곳에 집중시키는 데 없어서는 안 될 요소이다. 훈련소에 입대한 직후부터 군가로 시작하고 군에서 나오는 그 날까지 군가가 따라 다닌다. 전투경찰인 우리는 군가 대신 경가(警歌)라 하여 별도로 부르고 있지만, 효과적인 면에 있어서는 같다.

배우지 않아도 알았던 '무찌르자 오랑캐' 라든지, '진짜 사나이'는 입대하는 첫 날부터 부른 군가다. 음치라 해도 군가를 하는 데에는 음치가 크게 문제되지 않는다. 군가는 잘 부르고 못 부르는 것이 없다. '악'으로 하면 된다. 음치인 나로선 얼마나 다행인가? 요행히 음악에 재능이 있는 조교를 만나 음도 맞고 박자도 맞도록 군가를 배우면 금상첨화이다.

특히 야외 훈련을 위해 갈 땐 군가로 시작해서 군가로 마친다. '진짜 사나이' 군가가 대표적이다. 당시만 해도 아직 우리는 아는 군가가 많지 않았다. 그렇다고 군가 교육 시간이 따로 있는 것도 아니므로 행진 간에 우리는 군가를 배우곤 했다. 제목은 '훈련은 즐거워라' 이다. 내무반장이 선창하는 가사가 바람 때문에 들리지 않고 또 가사가 약간 어려웠다. 실상 따지고 보면 우리 인생은 음악으로 짜여 있다고 해도 과언이 아니다. 라디오 프로그램의 70% 정도가 노래로 커버된다. 이만큼 중요한 노래임에도 불구하고 나는 전혀 음악에 대해 문외한이니, 한마디로 한심하여 내 인생 자체가 무의미한게 아닐까 하고 의심도 했다. 이렇게 음악과는 관련이 먼 내가 군에서 군가를 함께 한다는 것은 얼마나 다행스러운 일인가? 잘 부르는 것과는 관계없이 그저 크게만 부르면 웬만한 군가는 해결된다.

14. 첫 야외 훈련

가) 열린 공간

오늘은 논산 훈련소에서 첫 야외 훈련장으로 나가는 날이다. 날씨도 포근하다. 민가를 보게 된 것이 며칠만인가? 아마 보름 정도가 되었으리라. 훈련소 울타리를 벗어나는 것이 처음이었으니 감개무량하다. 훈련소 담을 벗어나자마자 호남고속도로가 시원하게 보인다. 들도 시냇가도 보이고 산도 보인다. 그리고 민가도 보인다. 숨을 쉬어보니 억눌림 속에서의 공기하고는 다르다. 피곤함이 확 풀려지는 것 같다.

거리를 지나는 사람들이 우리를 어떻게 볼까? 나중에 안 사실이지만 훈련소 주위의 민간인은 훈련병 보는 것이 예사이니까 별다른 관심이 없다는 것이다. 아마 논산이 아닌 다른 곳에서 360여 명이나 되는 장정이 무장한 채, 다 해진 옷에 구릿빛 얼굴을 하고 거기에다 씩씩한 군가를 부르며 지나간다면 어떤 반응을 보일까? 그 자체가 퍼포먼스가 될 것이 확실하다. 개중에는 눈물을 흘리는 아주머니도 있을 것이다.

그런데 뜬금없이 내무반장이 '엎드려 쏴' 자세를 취하라는 것이다. 그리고는 황토 반 진흙 반 길에서 '좌로 굴려, 우로 굴려'를 하라고 한다. 정신이 없다. 아니 내무반장이 정신이 제대로 된 자인가? 이것은 훈련이 아니고 벌이며, 정신 이상자의 자기 만족이다. 다시 대오를 잡아 군가를 부르기 시작한다. 그런 사이에 뒤에 오던 2소대 3소대가 먼저 가게 되고 우리 1소대는 처지게 되었다. 이상한 내무반장 때문에 다시 기합을 받다 보니 이미 녹초가 되었다. 다른 소대와 같이 교육을 받아야 하므로 이제는 달려가야 시간을 맞출 수 있다. 도착하니 얼굴엔 땀 범벅이다. 소매로 얼굴을 닦으니 그나마 앞은 보인다.

나) 죽기 살기식 훈련

나는 뛰기에도 약하고 선착순 들기에도 약하다. 돌이켜보면 허구한 기합을 이겨낸 것이 꿈만 같다. 흙투성이가 된 작업복에 땀마저 흥건하게 배인 채 대공 사격 훈련장에 도착했다. 지리산 중대에서 우리 소대원만 또 얼차려를 받는다. 4명 씩 어깨동무를 한 채 앉았다 일어섰다 한 것이 무려 20 여 분이다. 다리가 붙어 있는지

조차 무감각해진다. 처음에는 아프다는 것이 느껴졌지만 차츰 악만 남는다. 흐르는 땀방울 때문에 지척을 구분 못할 정도다. 얼마 후에 뒤에서부터 차차 쓰러지기 시작한다. 쓰러지면 쓰러질수록 호통 소리는 커지고, 정신봉은 춤을 추니, 이를 어찌하랴!

정말 죽을 것만 같다. 내무반장이 사람처럼 뵈지 않는다. 인간의 마음이 이토록 악한 것일까? 정신이 혼미한 가운데 중대장의 목소리가 어렴풋이 들려온다. "안 상병! 교육 준비 빨리 하라고!"

아마 중대장의 명령이 아니었더라면 우리 내무반장의 기합은 끝이 없었을 것이다. 하루를 이런 식으로 보내야 하는 우리 소대원들은 너무나 괴롭다. 그날 오후의 교육은 너무 피곤하여 듣는 둥 마는 둥 하였다. 몸에 배인 땀과 피로 때문에 계속 졸기만 하였다. 공갈로 위협하는 내무반장이 원망스럽다. 그러나 위로가 되는 것은 "퉁수는 불어도 세월은 간다."는 점이다. 그런 가운데 부른 '훈련은 즐거워라' 군가는 아직도 잊어버리지 못하고 있다. 그 군가만 나오면 그때의 일이 생각난다.

15. 세면기 훔치기 실패

내가 지리산 중대 1소대 2 분대장이라는 결코 달갑지 않은 직분을 맡고 보니 세면장을 청소 담당 구역으로 배정받았다. 그런데 세면장 청소도 청소지만 세면기며 빗자루 등 비품관리가 꽤나 골치 아팠다. 아무리 세면장 관리 감시를 잘 한다 해도, 군대 세면기며 빗자루가 부족한 것이 일반적인 현상이다.

늘 비품이 부족하다며 우리 분대는 책망과 매가 따라 다녔다. 민간인이 접근하지 못하는 대한민국 육군훈련소에 한 중대의 세면기가 부족하다면 채울 수 있는 방법은 옆 중대에서 몰래 가져오는 방법 외에 무엇이 있을까? 왜냐하면 그 세면대는 품질이 좋은 것도 아니고, 외부에서 거래될 가능성도 없기 때문이다.

우리 중대의 보급 행정병은 이런 구조적 해결 방법을 잘 알고 있으면서도 힘없는 훈련병을 괴롭히는 것은 폐쇄된 공간에서 본인의 답답함을 화풀이하는 방법의 하나인지도 모른다. 내가 분대장으로 선임될 때 세면기 재고를 인수받은 적도 없는데, 지금 와서 부족하니 채우라는 것이 말이 되느냐 말이다.

그래도 행정병의 요구에 흉내는 내어야 할 것 같아, 분대원들에게 옆 중대에서 훔치자는 나의 제의에 동참을 요구했으나, 선뜻 행동으로 나서는 자는 없다. 하기야 실패할 경우에 예상되는 고통을 생각하면 나도 이해가 되니 진퇴양난이 아닐 수 없다.

고민하며 지내던 어느 날 우리 중대는 전 날 야간 각개전투 훈련을 했기에 주간에 쉬고 있었다. 반면 옆 중대는 낮에 훈련받으러 나가고 없어 막사가 텅 빈 것을 확인했다.

"세면기를 보충할 최상의 조건이야! 단독 범행이라도 결행하자. 아무럼 내 죄는 감투 선 죄이지!"

나는 화장실 가는 척 하고 옆 중대의 세면장으로 갔다. 혹시 조

교나 훈련병이 있나하고 살펴보았다. 다행히도 없었다. 세면기 30
여개를 들고 태연스럽게 아무렇지도 않은 양 걸어 나왔다. 거의
우리 중대에 다 왔을 때였다. 뒤에서 4중대 행정병이 나를 부르는
다급한 소리가 들린다.

"어이, 훈련병! 세면기 들고 가는 훈련병! 거기 서 봐!"

나는 모르는 척 안 들리는 척 계속 걸어갔다. 그러자 그 행정병
이 달려오면서 "훈련병! 세면기 들고 가는 훈련병!"하며 재차 부
른다. 그제야 "예?" 하고 뒤를 돌아보니, 4중대 행정병은 이미 화
가 나 씩씩거린다.

"4중대 훈련병들은 지금 야외 훈련 중이야. 너는 누구냐?"

그 한 마디에 나는 아무런 변명도 꼼무니도 뺄 수가 없었다.

"4중대 세면기가 자꾸 없어진다 하였더니, 훔쳐가는 놈이 너였
구나! 4중대 세면장으로 같이 가 확인해 보자!"

큰 일 났구나 싶었다. 그러나 이왕에 벌어진 일인데 마음이나 단
단히 먹어두자. 잘못을 했으니 상응한 댓가는 피할 수 없지 않은
가? 4중대 세면장을 거쳐, 행정실에 도착 하자 다짜고짜 주먹이
내 가슴팍으로 날아든다.

"너, 이 새끼! 우리 중대 세면기 훔쳐간 장본인이 너였구나. 10
여개나 잃어 버렸는데, 범인을 잡았어. 누가 훔치라 시켰어?"

말이 끝나기 전에 권투 시합하듯이 주먹이 마구 쏟아진다. 그리
고 몽둥이가 이리저리 춤을 춘다. 한 사람이 때리고 나면, 이어 다
른 행정병이 교대한다. 얼마나 맞았을까? 이를 악물고 울지는 말

아야지 하면서도 이미 온 얼굴이 눈물범벅이다. 아파서도 서러워서도 울지만, 더 아픈 것은 자존심이다. 그날 내 뼈가 부러지지 않은 것이 다행이면 다행이었다. 마지막으로 때린 병장은 한참 때리다가 "고향이 어디냐?"고 묻는다.

내가 훌쩍이면서 "경남입니다."라고 하니

"같은 고향 놈을 너무 때렸네. 진작 그렇다고 말을 해야지. 이 자슥아!"

병 주고 약 주는 전형적인 방법이다.

흉한 얼굴로 내무반으로 돌아 갈 용기가 없었다. 세면장에 가 얼굴을 씻었다. 아무리 흔적을 지우려 했으나 이미 눈은 충혈 되어 있었고, 얼굴엔 맞은 흔적이 역력하다. 막사 밖에서 오랜 시간 혼자 괴로워 하다가 고개를 숙이고 내무반으로 들어갔다. 오늘 실패한 작전에 대해 생각하지 않으려 하나 자꾸만 연상된다.

"왜 이 훈련소 시스템은 내가 도둑질을 하도록 만들까? 분명히 도둑질을 배우려고 군에 입대한 것은 아니지 않겠나? 왜 세면기가 없어져야 하며, 내가 무슨 수로 채울 수 있단 말인가? 세면기 개수를 인수 받은 적도 없다. 남의 물건에 손은 대지 말라면서, 다른 중대에 대해서는 훔치는 것도 재량에 맡긴다니, 훈련병은 대체 어느 기준을 갖고 움직이란 말인가? 이 모순이 계속되어야 하나? 도대체 군 장교들은 이런 구조적 모순을 정말 모른단 말인가? 아니면 모른 척 하는 겐가? 우리 주적이 누군지 우리 군 내부부터 점검할 필요가 있지 않나?"

욱신거리는 전신을 주무르면서 스스로 애써 위안해 보지만, 이런저런 생각에 흐르는 눈물은 멈추지 않는다. 모두가 부질없는 생각이다. 그날 밤 밝은 보름달 빛이 창가에 누운 내 메트리스 자리를 훤히 비추며 위로해 주는것 같다.

"저 달이 기울면 이 지긋지긋한 전반기 교육도 끝나겠지?"

16. 첫 월급

입대 시 가지고 온 돈도 얼마 되지 않지만, 그나마 써버리고 나니 PX에 보관시킨 돈은 불과 몇 백 원 밖에 되지 않았다. 교육이 시작되니 생각지도 못한 돈이 필요하다는 걸 깨달았다. 물론 빵값 등 간식 비용이다. 다른 것은 살 필요도 없고 살 수도 없다 .처음에는 훈련소의 밥을 어떻게 먹어 내나 걱정이었지만, 고된 훈련을 받다보니 차츰 적응이 되더니, 이제는 매 식사량이 턱없이 부족한 것이다.

토요일 점심 메뉴는 라면에 계란 1개가 전부인데, 얼마나 배가 빨리 꺼지고 배가 고픈지 미처 몰랐다. 따라서 허기진 배를 보충하고자 토, 일요일이면 아니 쉬는 시간이면 먹을 것을 사러온 훈련병으로 매점은 초만원이다. 나 역시 배고픔을 참다못해 할 수 없이 보관시킨 돈에서 사먹다 보니 어느새 돈이 바닥 나 버렸다. 입대 전만 해도 "군에서 밥 주고 옷 주고 다 하는데 무슨 돈이 필요

하단 말인가?" 라고 생각했다.

　배가 고파 고생하던 어느 날 우리는 월급을 받게 되었다. 월급이 래야 겨우 800원 남짓 하였다. 한 푼도 없는 나에겐 그 800원이 얼마나 큰지 모른다. 월급을 받자마자 자유 시간에 매점으로 달려 가 빵을 400원 어치나 샀다. 얼마나 먹고 싶었던 빵이었던가? 실 컷 먹고 나면 다시는 빵에 대한 그리움은 없어지겠지 생각했다. 그러나 그것은 오산이었다. 그날 밤이 오기도 전에 나는 다시 아 이스크림과 빵 350원 어치를 사 순식간에 다 먹고 말았다. 나머지 50원은 실과 바늘을 사는데 사용했다. 이리하여 나의 한 달 월급 은 당일로 다 써버리고 말았다.

　먹는 문제가 나오면 훈련병들끼리 서로 많이 먹겠다고 아귀다툼 이고 그러다가 조교에게 들키면 묵사발이 되는 경우도 허다했다. 솔직히 말해서 당시는 다른 생각이 '일절' 나지 않았다. 지식도 필요 없고 교양도 필요 없고 단지 배부른 것이 소원이었으니 말이다.

"사람은 먹기 위하여 사는 것이 아니고, 살기 위하여 먹는다."는 격언이 이제사 가슴에 와 닿는다.

17. 각개 전투 훈련

전반기 훈련 중에서 가장 중요한 것이 각개전투와 사격이다. 이에 대하여 남한과 북한의 언론 비교에 의하면, 지상전에서는 우리가 북한보다 훨씬 우세하다. 당시 60만 대군과 270만 향토 예비군이 있는 반면, 북괴는 45만의 정규군과 노동 적위대와 청년 적위대가 있다. 비행기의 수나 함정의 수가 부족한 것이 흠이지만 우리는 월남전에서의 실전 경험이 유리한 입장이라고 한다. 이런 하드웨어를 잘 돌아가게 하는 기초가 총검술과 각개전투이다. 그 중에서 각개전투는 각개 병사가 해야 할 일 중에서 가장 기초적이면서 자신을 보호할 중요하고도 최후의 수단이 된다.

논산은 삼국 시대에 신라와 백제가 전투를 벌인 황산벌이다. 사방이 높은 산으로 둘러 쌓인 평야 지대이다. 그래서인지 지금도 우리나라의 대표적인 군사훈련장으로 꼽히고 있다. 그런데 논산에 비가 왔다 하면 땅이 질척질척하여 통일화는 온통 황토 투성이로 변하고, 옷은 피 묻은 것처럼 황토 색깔로 변하는 것이 단점이다.

하필이면 비오는 날, 우리는 각개전투 훈련을 받았으니 우리의 모습이 어찌 되었겠는가? 날씨는 춥고 배는 고픈데, 땀은 온통 범벅이다. 가만히 있으면 손발이 시려 얼어붙는 고통이 따른다. 특히 야간 각개전투는 살을 에는 듯한 추위가 몸속 깊숙이 파고들어 여간 힘든 것이 아니다. 추위에도 피곤하여 졸리기도 한다. 자꾸만 처지는 눈꺼풀을 깨우는데도 한계가 있다.

야간 행군이나 구보는 어떤가? 앞선 자의 발만 보며 걷다 그만 발을 헛디뎌 개울에 처박혔던 일도 있었다. 야간 철조망 통과 훈련은 지옥이다. 뒤에는 몽둥이가 춤을 추고 앞에는 철조망이 가로 막고 있으니 그야말로 진퇴양난이다. 매를 맞지 않기 위해서는 필사의 노력과 인내로 잽싸게 철조망을 통과해야 한다. 통과했다 싶어 눈을 떠보면 온 손등은 긁힌 자국으로 피가 흥건하다.

"참고 견디는 자에게 복이 있다"지만, 그때 솔직한 심정은 탈영하고 싶은 마음 뿐이었다 .

18. 사격 연습

사격이야 말로 군인의 질을 평가하는 중요한 잣대다. 조선을 건국한 이성계의 화살쏘는 실력은 잘 알려져 있지만, 특등사수가 되는 것은 자신에게도 큰 영광이다. 실제로 사격을 하기 위해 우리는 피나는 노력을 해야만 했다. P.R.I(Preliminary Rifle Instruc-

tion) 즉, 사격술 예비훈련이 바로 그것이다. 하루 종일 '엎드려 쏴'. '일어서서 쏴' 등을 반복하며, 무릎이 까지고 팔꿈치가 까지고 피가 나야 훈련을 받았다고 인정한다. 그렇게 훈련을 받은 후 실제 실탄 사격에 들어가게 된다.

우리는 일찍 모든 채비를 하고 사격장에 도착하였다. 사격에 임하기 전 우리는 무수한 주의사항과 교육을 받는다. 50,000파운드의 압력! 잘 못 쐈다가는 광대뼈가 박살이 난다며 겁을 준다. 시범 조교로부터 사격이 있었다. 정확하게 명중이다. 우리도 드디어 사선(射線, 총쏘는 곳)에 올라갔다. 사수 뒤에서 탄피 줍기 등 조수 역할을 하노라니 총성에 귀가 먹먹해진다. 나의 사수는 표적에 정확히 6발 중 3발을 적중시키며 흡족해 한다.

드디어 내 차례다, 사격 개시의 명령과 함께 한 발을 당겼다. 다행히 나쁘지 않다. 총의 영점(零點)을 잡기 위하여 3발까지 계속 당겼다. 3발이 지나간 자리가 모두 다르지만 안심선이다. 총의 크리크를 조절하고 기록 사격에 들어갔다. 호흡과 자세 등, 배운 실력을 총 동원하여 한 발 한 발 조심스럽게 당겼다. 그러나 2발만이 적중하고 나머지 4발은 표적지 가장자리에 간신히 맞았다. 시력이 안 좋은 것을 고려하면 겨우 합격한 셈이지만 대 만족이다. 합격되지 못한 훈련병은 온갖 기합이 대기하고 있다. 엉덩이 맞기, 선착순 구보, 눈물고개를 오리걸음으로 걷기 등이다.

들리는 말에 의하면 옛날에는 모두 한 번쯤 눈물고개를 간 경험이 있다고들 하는데 그 고통이 가히 짐작이 간다. 다행인지 불행인지 사격을 통과한 덕분에 눈물고개를 오르는 고통을 면할 수 있었다. 나중에 안 얘기들이지만 근래에 와서 우리 중대의 사격 성적이 가장 우수하다는 것이다. 그렇지만 내무반장은 화를 내고 기합까지 준다. 내무반장의 얘기로는 전 기수와는 판이하게 우리 기수가 실패작이라는 것이다. 어쨌든 무사히 사격을 마치니 이제 거의 전반기 기초 군사교육이 끝나가는 분위기이다.

솔직히 이제 고된 훈련은 별로 없었고, 쓴맛 단맛을 어느 정도 맛본 후라 겁나는 것이 없었다. 언제부터 인지 우리의 얼굴도 구릿빛으로 변해 있었다. 마지막 일요일 영화관에 갔을 때 우리보다 늦게 입소한 신병 훈련병들이 부러워하는 눈으로 바라본다. 나도 모르게 어깨가 으쓱해진다. "나도 저렇게 바라보던 때가 있었지?"라고 생각하며…

19. 측정과 평가

우리 속담에 "산 넘어 산이다."란 말이 있다. 이등병 계급을 달기 위해서는 개인측정이란 또 하나의 장벽을 넘어야 한다는 것이다. 지금까지 종합 측정 혹은 중대 측정으로 가부를 결정했다는데, 우리 중대가 시범 중대로 선정된 것이다. 측정에 합격하지 못한다면 다시 교육을 받아야 하고, "그래도 안 된다면 계속 훈련소에서 3년까지 교육을 받도록 하라"고 논산 육군훈련소장님이 지시 했다는 것이다.

아무렴 측정이니 시험이니 기록이니 하는 것은 당하는 사람에겐 마음을 압박한다. 우리는 하루 종일 측정에 임했다. 체조에서부터 총검술, 각개전투, 화생방에 이르기까지 6주 동안 배우고 훈련받은 모든 것이 측정대상이다. 우리가 얼마나 교육을 충실히 했던지 간에 측정에 확실한 실력을 보여 주지 못하면 소용이 없는 것이다. 잘 잘못을 가릴 필요도 없다. 그런데 많은 사람을 일일이 검사한다는 것 자체는 한계가 있다. 그래도 아직까지 측정이라는 것보다 더 좋은 방법은 없기에, 우리는 겨우 합격의 문턱을 넘기만을 바랄 뿐이다.

측정 후 2~3일간 전출 명령이 나야 정상인데, 그렇지 못한 이유가 무엇인지 몰라 우리는 애가 탔다. 후반기 교육에 가더라도 후반기 교육이 전반기보다 더 어려운 과정이라고 한다. 그렇지만 우리는 어떻게 해서라도 지루한 이곳을 벗어나고 싶다. 보기 싫은 사람들이 있으면 그 곁을 떠나가고 싶듯이, 우리도 하루 빨리 이곳을 벗어나고 싶을 뿐이다.

"하루 밤만 지나면 이곳을 떠나게 되려나? 아니면 이틀 밤을 지내야 떠나가려나?"

아무런 소식이 없으니 이 밤도 답답하다.

20. 군인과 편지

조국을 벗어나 외국에 살아봐야 조국이 어떻다는 것을 이해할 수 있고, 애국심도 드러난다고 한다. 막상 건강을 잃고 나면 건강의 중요성에 대하여 새삼 깨닫듯이 말이다. 나는 입대하기 전엔 외부에 편지를 안 할 것이며, 조용히 있다 시간이 되면 제대하겠다고 호언장담하였다. 그러던 내가 막상 입대하니 편지로 소식을 전하고 싶고 또 편지를 기다리는 사람으로 변하는 것을 보고 놀랐다.

사실 집에서는 말썽만 부리던 자도 군(軍)에 들어가 어려움과 고통을 겪다 보면 효자가 되는 경우가 허다 하다고 한다. 어떤 자는 편지를 받는 재미에 편지를 쓴다고 한다. 우리 분대에 제천이 고향인 대원이 있었는데, 처음 편지를 받고 닭똥 같은 눈물을 흘리며 감격해 하는 모습이 지금도 아련히 떠오른다. 서신 보안이다, 기밀유지라고 하지만 편지는 폐쇄된 조직에서 청량제 역할을 한다. 다만 그 당시엔 안타깝게도 그날 받은 편지는 그날 밤까지 찢어버려야 하는 불문율이 있었다.

21. 절친과 재 상봉

만나면 이별이요 이별할 땐 또 만날 것을 바란다. 그렇지만 심현제 친구를 수용연대에서 잠시 보고 난 뒤 나는 그 다음 날 25연대로 왔기 때문에 친구가 어디로 배치되었는지 궁금할 뿐 알아볼 방도가 없었다. 그런데 묘하게도 심현제를 25연대에서 다시 만나게 되었으니 얼마나 반가웠는지 모른다.

알고 보니 나 보다 1주일 정도 늦게 25연대로 뒤따라 왔던 모양이다. 그러다가 우연히 세면장에서 친구가 식기를 닦고 있는 모습을 내가 발견했던 것이다.

친구는 말하기를 '향도(嚮導)'를 하라는 걸 거부한 항명으로 구타를 당했는데, 그만 내장이 파열되어 의무실에 입원해 있었다는 것이다. 친구와 나는 어쩌면 너무나 비슷한 과정을 겪는 것 같아 동병상련(同病相憐)을 느꼈다. 나 역시 향도 직을 거절한 바람에 생전 처음 시범 케이스로 구타를 당한 경험이 있기 때문이다. 그런데 친구가 헤어지면서 남긴 말이 나를 혼란스럽게 한다.

"어쩌면 난 귀가할 지도 몰라!"

22. 드디어 빛나는 이등병이 되다.

혹자는 지금까지 먹은 라면 그릇 수를 세어보고, 혹자는 지금까

지 피운 담뱃갑을 세어보면서 지루한 25연대를 떠날 것을 기다리던 금요일 오후였다. 느닷없이 내무반장이 관물을 챙기라는 것이다. 우리는 이심전심으로 전반기 교육이 끝났음을 눈치 챘다.

누군가의 제의에 따라 얼마간의 돈을 모아 이별 전야를 기리며 조촐한 다과회를 가졌다. 다과회라 해야 빵, 아이스크림, 사탕 몇 알을 나눈 게 다다. 고된 훈련도 마치 오래 전 일처럼 느껴지며 감회에 젖는다. 끝까지 우리 소대가 자기가 만든 대표적인 실패작이라며 고개를 돌리는 내무반장을 억지로 자리에 앉혔다. 처음에는 죽이니 살리니 하는 서로가 아니었던가? 정말 죽이고 싶을 때가 있었다. 그런데 간단하나마 다과회를 베풀고 나니 이제까지의 감정이 사르르 가라앉는 것은 무슨 변고인가?

메트리스를 깔고 잠자리에 누웠다. 내일 떠난다고 하니 점호도 생략된다. 모든 것이 예사롭지 않게 보인다. 옆 자리에 누운 전우와 몰래 속삭이고 있는데, 느닷없이 2분대 대원 전원 집합이라는 지시가 떨어졌다. "마지막 밤까지 무슨 집합이냐?"며 한편으론 투

덜대며 또 한편으론 긴장하며 모였다. 영문을 모르는 대원들은 서로 얼굴만 바라볼 뿐이다. 그동안 분대장으로 있으면서 많이도 맞은 탓에 또 '맞겠구나!' 생각하고 있었다. 드디어 인상 잘 쓰던 김 상병이 나타났다.

"충성! 분대장 외 9명 전원 집합했음을 보고합니다."

김 상병은 의외로 웃으면서, 보급계를 맡아왔던 2분대 대원들이 그 동안 수고했다며 일일이 악수를 하는 것이 아닌가?

"특별히 2분대장, 수고 많았어. 사실 이 일이 쉽지 않았는데도 분대장이 헌신적으로 잘 도와 줬어. 고맙다. 그리고 후반기 교육도 쉽지는 않을 거야. 그렇지만 건강 유념하면서 지혜롭게 대처하길 바란다. 다시 한 번 2분대 대원들 수고했네."

예상하지 못한 이 장면을 무엇이라고 해야 할까? 처음에 논산 훈련소의 조교들은 감정이 없는 사람으로 착각하기도 했다. 그러나 일 대 일로 대하면 언제나 다정한 형이요 친구이기도 하다. 진정성 있는 악수와 따뜻한 말 한마디에 이렇게 감동하는 우리들이 아닌가?

내무반에 들어가 배포된 이등병 계급장을 모자와 가슴에 달았다. 빛나는 이등병이다! 흔히 말하기로 2등병 계급장은 자갈 논 3마지기와 같다고 한다. 자갈 논 3마지기를 갈고 거름을 넣어 옥토를 만드는 어려움을 겪어야만 달 수 있다는 뜻일 게다.

23. 후반기 교육을 받기위해 27연대로

다음 날 아침 일찍 우리는 식사를 마치자마자 7시 정각 연병장에 집합했다. 7시면 이제 겨우 해가 뜨려는 시간이다. 그렇게도 보기 싫고 때로는 죽이고도 싶던 조교들인데 그 사이 정이 들었는지 보내는 마음과 떠나는 마음이 교차되면서 마음이 혼란스럽다. 연대장의 송별인사와 군목의 기도를 끝으로 우리는 전반기 교육을 마치고 노란 2등병 계급을 단 채 당당한 모습으로 행군할 자세로 정렬했다.

드디어 출발! 길가 좌우로 서서 손을 흔드는 조교며 내무반장의 표정이 어제와 달라 보인다.

"다들, 잘 가라! 몸 건강하게 교육 잘 받고......."

그 소리에 하마터면 나는 울뻔 했다. 그렇게도 무섭게만 들리던 듣기 싫은 목소리가 왠지 다정하게 들린다. 마지막 날까지 나를 죽이니 살리니 하던 내무반장도 마찬가지다. "잘 가라!"며 손을 흔드는 조교들을 더 이상 볼 수 없어 고개를 돌렸다. 눈물이 핑 돈다.

우리는 인솔 장병을 따라 후반기 교육장을 향하여 걸음도 당당하게 걸었다. '훈련은 즐거워라' 를 부르면서 말이다. 길가의 코스모스며 이름 모를 꽃들도 떠나는 우리를 아쉬워하는 것만 같다.

구리 빛 얼굴에 노란 2등병 계급장! 어떤 사람은 우리를 "이제 겨우 2등병이냐?" 고 웃겠지? 그러나 우리는 다르다. 어쩌면 소위 보다, 아니 장군보다 빛나는 2등병이다. 바람이 부는가 싶더니 함

박눈이 내린다. 어느새 우리는 25연대에서 얼마 멀지 않은 후반기 교육장소인 27연대 정문을 들어서고 있었다. 군가 '훈련은 즐거워라'를 부르면서 말이다. 때는 1974년 11월 9일이었다.

3부

후반기 훈련과
경기관총 그리고 사역

3부

후반기 훈련과 경기관총 그리고 사역

전반기 6주 동안의 훈련과 교육은 제식훈련, 각개전투와 사격이 중심이다. 이를 통하여 군인으로서의 기초적인 정신과 체력을 함양하는 것이 목표다. 후반기 4주간은 이와 별개로 실제 전투 현장에서 부대원의 하나인 일선 병사들이 작전을 수행하기 위한 경기관총 등 새로운 무기 사용법을 배우고 연마하는 중급 과정이라고 할 수 있다.

♣1974년 11월 9일~74년 12월 10일

2부 말미에서 언급한 것처럼 후반기 27연대에 입소할 때는 늦가을인데도 눈보라가 휘날리는 쌀쌀한 이상 기후였다.

1. 열악한 구식 막사

정문을 들어서면 먼저 보이는 건물은 영화에서나 나올법한 구식 막사였다. 전반기 25연대 교육 조교들이 한결같이 25연대는 당시 우리나라 훈련병 막사로선 최신식이자 최고급인데 비하여 27연대 막사는 2차 세계대전 때의 영화에서나 나올법한 야전 막사 수준이라고 얘기하곤 했다.

막사 구조는 1동에 1개 소대 병력이 거처할 수 있는 크기이고, 가운데 통로를 중심으로 양쪽에 침상이 서로 마주 보고 있다, 난방은 석탄 페치카 두 대가 양 출입구에 놓여 온기(溫氣)를 발산하여 제공된다. 연탄가루를 손으로 물에 개어 페치카에 태우는 방식으로, 불붙이기도 쉽지 않고 여차하면 불이 꺼지는 불상사가 발생하곤 했다.

25연대에 비하면 후진 건물이란 게 한눈에 확연히 드러난다. 또 구조적으로 한 막사에 한 소대이므로 다른 소대와는 물리적으로 격리되어 있다. 나는 3중대 2소대로 배속되었는데, 불행히도 전반기에 같은 내무반인 사병은 단 1명 밖에 보이지 않는다. 그 한 사람은 전반기 교육대에서 같은 내무반 소속이었고 고향도 비슷하여 답답하지 않을 정도로 얘기할 수 있고, 고향의 소식을 나눌 수 있어 그나마 다행이었다.

그런데 입소해 들어보니 공교롭게도 후반기 27교육 연대가 바로 우리가 입소하는 오늘 날짜로 전라북도 금마에서 이곳 논산 훈련소 옆으로 이전했다는 것이다. 소위 1개 연대가 이전을 하는 데는 번잡한 일이 한 두 개가 아닐 텐데, 우리 같은 교육생들을 준비 없이 받는 것은 처음부터 무리가 따랐다.

전쟁 중이 아닌데도 이런 초보적인 주먹구구식 군 행정에 실망하지 않을 수 없다. 그러다보니 교육 조교나 교육생이나 다 같이 원치 않은 고생을 하게 된다. 오자마자 당장 이삿짐을 옮기고 배치하고 정리정돈하고 청소하고 또 교육받느라 눈코 뜰 새 없이 바쁘고 힘들게 움직여야했다. 물론 조교들도 마찬가지 입장이다. 이 같은 환경은 흔히 군대 생활의 3대 악조건인 춥고 배고프고 졸리는 상황을 야기하기 쉬운 것이다.

2. 세수할 물도 없네

막사가 후진 것과 별개로 물 사정도 좋지 않다. 만약 전쟁에서 우리의 이런 상황이 적에게 알려지면 백전백패다. 눈이나 겨울비라도 오는 날이면 황산벌 황토가 통일화에 묻어 걷기도 불편하고, 내무반은 황토로 범벅이 되다보니 청소를 하느라 엄청 고생이 많았다. 수도 사정이 좋지 않으니, 취사도 정상적일 수 없다. 6시에 먹어야 할 조식이 9시에 나오는가 하면, 수도 물이 안 나와 세수도 며칠간 할 수 없는 경우도 발생한다. 토요일 또는 일요일에 하는 목욕 장면은 코미디 프로를 촬영하는 줄로 착각할 정도다. 샤

워장에 들어서자마자 조교가 물 호수로 물을 뿌리면 몸에 잠시 물기가 닿는가 싶으면 밖으로 나가라고 한다. 즉, 번개목욕이다. 이발이란 것도 이발 기계를 2번~3번 갖다 대고는 다 되었다고 쫓아보내는 것이다. 이 실제 상황에서 망연자실하여 헛웃음만 나왔다. 계획이 잘 못 된 건지, 관련 장교들의 무능력 때문인지 아니면 아예 군사 교육과 훈련의 개념이 없는 사람들이 책상에 앉아 있어 그런지 의심이 갈 정도다.

"이등병이 총괄하여도 이렇게는 안 할 수 있단 말이요!"

3. 왜 이리 배 고플까

가) 배식 실패는 용서가 안 된다니!

자고로 전쟁에선 보급이 중요하다. 교육에도 배가 고프면 교육 효과가 있을 리 만무하다. 도대체 1식 정량이란 개념이 있는지, 그건 누가 정하는 것인지 모르지만 그 양이 합리적으로 계산된 것이면 매끼 식사량이 실제 부족한 이유는 왜일까? 믿기 어렵겠지만 남북한의 1인당 소득이 1974년만 해도 북한이 앞섰다고 한다. 그래서 배가 고파야 했을까?

특히 토요일 점심엔 메뉴가 라면이었는데, 마침 내가 배식을 맡아 분배하게 됐다. 조교가 "1인당은 이 정도 양을 배분하면 된다"

고 시범을 보인다. 특히 조교는 "작전 실패는 용서가 되어도, 배식 실패는 용서할 수 없다."며 배식을 잘 하라고 압박을 가한다. 그래서 그렇게 배식을 하는데 어떤 이등병은 정량을 받고서도 가지를 않고 버티며 더 달라고 조른다.

버티는 자에게 마음이 약해 조금씩 더 주다 보면 결국 그 책임은 배식한 나에게 돌아올 것이다. 이러한 분위기에도 불구하고 어떤 자가 버티고 안 가니 언쟁이 생기고, 이를 멀리서 지켜보던 조교가 재빨리 달려와서 버티는 이등병을 워커발로 차 버리는 것이다.

전반기에선 내무반 별로 식사를 배분받아 와서 골고루 불평 없이 먹을 수 있었는데, 후반기에선 중대 단위로 일괄 받아와서 분배하기 때문에 균등한 배식이 쉽지 않았다. 하여튼 이래저래 후반기는 식사 때문에 겪는 고생이 말이 아니었다. 중대원 120명을 집합시켜 놓고 한 사람씩 배식하다 보면 앞에 먹는 자는 따뜻한 식사를 할 수 있지만, 뒤에 먹는 자는 찬 음식을 서서 먹어야 했다. 그러니 식사를 서로 먼저 하려고 아웅다웅 다툼이 벌어진다. 이건 전쟁과 다름없다. 식사를 위해 기다리는 시간에는 군가를 부르기 일쑤인데 아마 10여 번을 불러야 겨우 식사를 할 수 있었다.

나) 훈련병 1인당 배식량은 누가 정하는가?

어쨌든 배식의 균등함도 중요하지만, 1인당 배식량이 적정하게 책정되었는지 그리고 그 책정량이 중간에서 누수되지 않도록 견제와 균형을 하도록 하는 시스템이 중요하다. 그럼에도 배가 고픈 것은 강도 높은 훈련 탓도 있지만 군 내부의 감사(監査) 등 일련의 절차가 작동하지 않는다는 반증일 수도 있다.

이런 와중에 뜻밖에 포식할 기회가 주어졌다. 일요일 오후 어느 날 취사장 사역을 할 때였다. 배추 고르기, 무 자르기, 쌀 나르기 등의 일을 끝마치고 나니 담당 행정병이 "수고했노라"며 우리 사역병 12명에게 25인분 식판 하나를 주는 것이었다. "웬 횡재인가?" 정말이지 실컷 먹고도 남았다. 문제는 그 다음이었다. 너무 많이 먹은 탓에 배가 불러 움직일 수가 없었던 것이다. 그래서 우리 12명은 햇볕이 잘 드는 언덕에 누워 한 숨을 잔 후에 내무반으로 갈수 있었다. 얼마나 미련한 포식인가? 다행히 그 경험은 지금까지 두 번 다시 반복하지 않고 있다. 요행히도 그날 저녁 점호는 기합도 없이 우리 소대원은 오랜만에 조용한 취침을 할 수 있었다.

"지옥에도 실수로 파라다이스가 생기는구먼! 기합이 없으니 오히려 허전하고 어색하네 그려!"

다) 탱자까지 따 먹어야 했나?

배가 부르면 무엇인들 맛이 있겠는가? "호랑이도 배부르면 지나가는 사람도 해치지 않는다."고 하지 않는가? 그것이 와전되어 "호랑이한테 물려가도 정신만 차리면 산다."는 속담으로 변했으니 재미있다. 반면에 배고프면 무엇인들 맛이 없으랴?

얼마나 배가 고팠는지 길가의 울타리에 매달린 노란 탱자를 따다 먹기도 했다. 사실 탱자는 쌉쌀하여 먹기가 힘든데도 불구하고 먹었다. 어떤 이는 외부 훈련장에서 눈여겨 봐둔 민간의 무를 뽑아 숨겨 와서는 막사 화단에 묻어 두고 남 몰래 먹기도 하였다. 그런 구차한 방법으로 허기진 배를 채울 수야 없지만, 배가 고프다 보니 살기위해 하는 궁여지책이리라.

4. 경기관총(輕機關銃) 사용법 훈련

후반기 교육 동안 우리는 새로운 무기에 관해 많이 접했다. 자동소총(BAR)이라든지 경기관총(LMG)이라든지 M79유탄 발사기 등 여태껏 보지 못했던 무기들을 많이 다루게 되었다. 그것들을

LMG

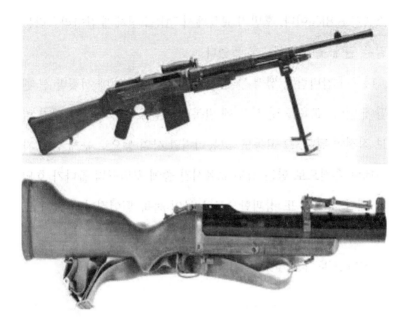

AR(상), M79 유탄발사기(하)

분해하고 결합하고 또 사격하는데 있어 숙달할 때까지 연습에 연습을 더하였다.

　맥아더 장군은 "한 나라의 국방은 연병장에서 교육받는 훈련병을 보면 안다."라고 하였고, "아무리 민주국가라 하더라도 군에서는 민주주의가 없다."라고도 하였다 한다. 군에는 민주주의가 없다는 말은 무얼 의미하는가? 이는 군은 명령 지휘 계통의 작동이 중요함을 강조하는 뜻일 게다. 23Kg 인 L.M.G를 어깨에 메고 10리 길을 왔다 가는 행군은 우리를 지치게 했다. 한 줄의 탄환이 250발인 LMG는 해안 초소의 주 무기이기도 했다. A.R 소총 또는 제작사의 이름을 넣어 BAR(브라우닝 자동소총)이라고도 한 자동소총은 8.8Kg이다. 후반기 교육에서 "AR를 굳세게 잡아라." 라는 말은 귀에 못이 박히도록 들었다.

더구나 찬바람은 쌩쌩 불지 눈보라마저 치는 날에 서릿발 선 맨 땅에 앉아 교육을 몇 시간 째 반복해서 받노라면 동태가 되기 일보 직전이 된다. 그 고통도 고통이지만 사역 등으로 늦게 잠을 자는데다 훈련으로 힘든 경우 교육시간 중에 꾸벅꾸벅 졸다가 호되게 매를 맞으면 또 창피함으로 눈물이 뚝뚝 떨어졌던 후반기 교육이었다.

"지나고 보니 그것도 다 흘러간 추억이구나!"

5. 교활한 조교

인간의 집합체에는 각양각색의 사람들이 있게 마련이다. 선한 사람이 있는가 하면 악한 사람도 있다. 그리고 선한 사람도 온전히 선한 사람은 없다. 상대적으로 선한 기질이 악한 기질보다 많으면 그 사람은 선하게 비칠 것이다. 한 집단에도 선한 사람이 교활한 사람보다 많다면 상대적으로 선한 집단으로 비칠 것이다.

가) 아킬레스건 차기
비가 부슬부슬 내리던 어느 오후, 훈련이 끝나고 저녁 배식을 기다리고 있는 중이었다. 내가 내무반원들 앞에서 정확하게 무슨 얘기를 했는지는 몰라도 몇 마디 얘기한 것이 화근이었다. 지나가던 조교가 그 장면을 봤던지 내무반으로 들어와서는 "방금 얘기한 사람이 누군지 앞으로 나오라"는 것이다. 확실한 것은 비난을 하거나 어떤 모의를 한 것은 아니라서 가벼운 마음으로 나갔다. 아마 주의 정도를 받고 끝나겠지 생각했다.

그런데 이 조교는 심심하였는지 모르지만 나를 세워놓고 훈련화 뒤 아킬레스건을 워커 발로 장난 비슷하게 툭툭 차는 것이다. 물론 나는 아픔을 느낄 정도가 아니라서 대수롭지 않게 생각했다. 그런데 이런 장난을 한 조교는 이 결과가 어떨 것이라고 하는 것을 잘 알고 있었던 모양이다. 그 이튿날부터 나는 아킬레스 건이 아파 구보도 할 수 없고 보행도 힘들 정도로 고통스러웠다. 그 고통은 며칠이 지나도 풀리지 않아 부득이 병원 신세를 져야 했다. 그 조교는 너무나 악랄하고 치사하여 교육을 마치고 떠날 때까지 아무리 관대하게 이해하고 싶어도 원망스런 마음을 지울 수가 없었다.

나) 경찰복 빼내기 갑질

그렇게 교활하던 그가 우리들에게 뻔한 사기극을 벌이다 큰 망신을 당했다. 후반기 교육이 끝나갈 무렵, 경찰청으로부터 경찰 제복이 모든 훈련병에게 배송되어 왔다. 그런데 당시 그 옷감은 '혼방'이라 하여 반세기가 지난 지금 입어도 좋을 만큼 파격적인 고급스런 질감의 제복이었다. 반면 당시 육군 피복은 아마 무명천으로 기억된다. 그러다보니 그 조교는 감언이설(甘言利說)과 조교란

신분으로 갑질을 하면서 자기들의 무명옷과 우리에게 지급된 혼방 옷을 형식은 자진으로 하되 실제는 강제로 교환하도록 갑질을 한 것이다. 이것이 나중에 문제가 되어 원상회복하고 없었던 일로 하였지만 그 장본인이 바로 나의 아킬레스건을 멍들게 한 교활한 그 조교였다.

지금 그 조교는 어디에서 무엇을 할까? 명심보감 첫 문장은 "자왈 위선자 천보지이복 위불선자 천보지이화 (子曰 爲善者 天報之以福 爲不善者 天報之以禍)"로 시작한다. 풀이하면 공자께서 말씀하시길 선한 일을 하는 자는 하늘이 복으로써 보답하고, 악한 일을 하는 자는 하늘이 재앙으로 보답한다.

"언제 어디서나 바르게 사는 삶이 중요하고, 의미가 있다."

6. 펜티만 입은 채로 운동장에 집합

군대에서만 할 수 있는 것 중의 하나가 '펜티만 입고 집합!'이다. 후반기에서 생활한 지 10여일 만에 석탄 난로를 피우기 시작했는데, 그 석탄불은 매번 꺼지기가 일쑤였다. 물론 불침번이 있고 난로 당번이 있긴 하지만 그네들도 익숙하지 않고 서투른 까닭에 불이 꺼져 버리는 경우가 있다. 연탄이나 장작이면 꺼질 일도 없이 잘 타겠지만 이건 석탄불이니 달랐다.

한번은 난로 2개가 다 꺼져 버렸다. 그날따라 왜 그리 춥던지...

밤새 모포 2장에 엎드려 순전히 체온으로 버티며 밤을 새워야 했다. 그러던 중 한밤중에 난로 1개가 꺼져 버린 것이다. 물론 불침번이 1차 책임을 져야 하지만, 갑자기 기상명령과 동시에 집합 명령이 떨어졌다. 그날따라 눈이 밤새 펑펑 내리는 가운데 펜티 한 장만 걸치고 체조 대형으로 10여 분 간 눈을 맞으며 운동장에 서 있었다. 하여간 이 체험 저 고생 다 해 본 훈련병인 셈이다.

7. 측정 결과 우수한 성적

A.R 소총, M79 유탄 발사기 등 많은 신종 무기를 배운 다음 개인 측정이 있었다. 장소는 눈이 폭신하게 쌓인 연병장에서 실시했다. 아침부터 시작하여 연 이틀 동안을 필기 및 실기로 나누어 측정을 했는데 다행히 좋은 성적을 얻었다. 반면 5명 1조가 되어 조별로 한 경기관총(LMG) 측정은 훈련을 주먹이 까지도록 열심히 했는데도 불구하고 경기관총 사격 시 과녁을 벗어났다. 그 결과 우리는 기관총에 딸린 여분의 총열로 얻어 맞는 기합을 받았다.

8. 왜 훈련대신 사역인가

27연대가 전북에서 논산으로 갓 이사를 하여서 인지는 몰라도 우리들을 훈련시키는 조교들은 처음부터 남루한 옷에 검게 탄 얼굴이 하나 같이 이미지가 좋아 보이지 않았다. 따라서 후반기 교육 내내 그다지 재미있는 교육과는 거리가 있었다. 때가 가을 추수 시기와 맞물려 훈련이 주(主)인지 사역이 주(主)인지 헷갈릴 정도로 분주한 하루하루를 보냈다.

가) 김장 사역

필자가 한 사역 중에 가장 기억에 남는 것은 김장 사역이다. 교육은 매일같이 받아야 하고 거기에다 매일 여러 사역을 하다 보니 보통 밤 11시 12시가 되어서야 취침을 할 수 있었다. 자유 시간을 갖는 것은 꿈같은 얘기였다. 달력으론 엄연히 11월인데 춥기로는 엄동설한 한겨울 보다 더 추워, 손발이 부르트고 얼굴도 빨갛게 얼어 터지는 경우가 많다.

땅속 김장 통은 가로 세로 높이가 각각 약 3m나 되는 탱크였다. 나의 역할은 우주복 같은 고무 옷을 입고 탱크 속에 들어가 무 한 층 깔고 배추 한 층을 까는 일을 반복하는 것이었다. 이 일을 탱크 9개나 했다. 그 일을 하면서 허기진 배를 채우기 위해 무를 몰래몰래 주워 먹었다. 아삭 시원 달콤한 것이 그야말로 꿀맛이었다. 차곡차곡 쌓아 최종적으로 비닐 포장을 하면 가을 김장 마무리가 끝난다. 그러나 아쉽게도 그 김치를 먹어 보지도 못하고 우리는 훈련을 마치고 27연대를 떠나야 했다.

나) 아주까리(피마자)까기 사역

당시의 군대는 재정이 열악해서인지 웬만하면 사역으로 해결한 것 같다. 흔한 청소 사역에서부터 취사반 사역, 가을 농촌 벼 베기 사역 등 계절에 따라 사역이 훈련병들의 손길을 기다리고 있었다. 특이한 것은 아주까리 까기 사역이다.

피마자유는 높은 온도에서도 잘 분해되지 않고 낮은 온도에서도 굳지 않고 점도를 유지하므로 우수한 공업용 윤활유나 브레이크액으로도 널리 쓰인다. 공기 중에 오래 두어도 굳어서 마르거나 산화되지 않기에 기계 윤활유나 화장품 산화방지제나 식품보존제 등 다양한 공업 용도로 이용된다. 아마 총기 관리에도 사용되었던 것 같다. 매일 저녁 점호 시 깐 피마자를 반합 뚜껑 하나씩 제출하느라 항상 호주머니에 넣고 다니면서 틈틈이 깠던 기억이 난다.

9. 특급 열차에 몸을 싣다

♣ 2월 10일 월요일

이제 1974년도도 저물어 가는 12월 10일이다. 우리는 논산에서의 전반기와 후반기 훈련을 모두 마치고 담담하게 다음 교육 장소로 갈 날만 기다리고 있었다. 360명의 군가가 우렁차게 울려 퍼지는 가운데 우리는 기차역을 향하여 힘차게 행진했다. 도중 언덕배기에서 잠시 휴식을 취했다. 떠나고 보내는 인간 본연의 심정이 다시 샘솟는다. '사나이 끓는 피'가 그렇게 우렁찰 수 있을까?

훈련병은 하나같이 모두가 눈이 반짝거리며 희망으로 차 있다. 길가의 민가에서 아침밥을 짓는 연기가 하늘로 피어난다. 아침부터 소달구지를 모는 사람도 보인다. 쌀쌀하기는 하지만 하늘은 맑은 논산 아침이다. 그 틈새로 밝게 비치는 태양이 아름답다. 물론 산천도 옛날 그 산천이고 변한 것은 없지만 우리의 모습은 마음과 행동에서 어딘가 모르게 변해진 것 같다. 아니 변했다.

"잘 가요, 잘 있으세요."하는 이별의 순간에 조교와 우리들은 가르치고 배운 사이라 마음이 상통하는가 보다. 언젠가 전역을 해 사회에서 만나게 되면 대포 한 잔 마시면서 형 동생하며 정답게 얘기 하리라.

이등병이라서 그런지 아니면 군 복무에 숙달되어서인지 전반기 보다는 후반기 교육의 환경은 열악했어도 정신적인 고통은 덜 했던 것으로 기억된다.

이제 군과 경찰이 병력을 인계인수하면 이별이다. 우리는 '소원수리(訴願修理)' 등 수속도 마쳤다.

"내무반장님, 소대장님 그리고 중대장님! 그동안의 수고에 감사합니다."

"수고 했다. 잘 가!"

인도자를 따라 간다. 눈앞에 논산 발 서울행 특급 열차가 대기하고 있었다. 우리는 설레는 마음을 애써 달래며 질서 정연하게 특급 열차에 몸을 실었다.

4부

경찰 교육

4부

경찰 교육

1. 경찰대학에 도착하다.

♣ 2월10일 월요일

경찰교육을 받기 위하여 특급 열차에 타니, 경장 2명과 경위 2명이 우리를 인도한다. 차내 방송으로 몇 가지의 안내와 유의 사항이 전달된다. 특히 우리들의 신분은 이제 경찰 소속으로 편입되며 계급은 일경이 된다는 공식적인 멘트가 있자, 가슴에 단 노란 이등병 계급장을 4주 만에 뗐다.

우리가 탄 특급 열차는 서울을 향해 달린다. 그립던 서울이 눈앞에 성큼 다가온다. 해가 질 무렵 영등포에 도착하였다. 여기서 다시 부평으로 가야한다. 땅거미가 내려 앉아 벌써 어둑어둑하다.

구 경찰대학

7시가 되어서야 경찰대학에 도착하였다.

계급장, 이불, 요, 워커 신발, 작업복 등을 지급 받았다. 논산 훈련소에 비하면 천양지차(天壤之差)다. 폭신한 이불하며 세면시간도 충분하고 오락할 시간도 있다. 모든 것을 자치제로 운영하는 것이 원칙이다. 생각할 자유가 주어지니, 잃고 살았던 생기가 차츰 살아나기 시작한다.

교육 프로그램도 강의식이 많다. 모든 것이 자유로운 분위기 속에서 교육이 진행된다. 군과 경찰이 이렇게 다를 줄이야! 우리는 경찰대학에서 경찰에 대한 기본 지식으로 경찰관 직무집행법, P.T ,유격훈련, 봉술훈련 등을 4주간 받아야 한다.

♣ 1974년 12월11일부터 1975년 1월 5일까지의 일기는 기록되지 않고 있다. 아마 그 기간에 논산 훈련소 전반기와 후반기의 훈련 내용을 기억을 되살려 기록한 것 같다.

2. 경찰관 직무집행법 교육 (74.12.11~75.1.10)

경찰관이 하는 업무를 보조하는 것이 전경의 제 1임무이다. 따라서 경찰관 직무에 대한 강의가 많이 배정된다. 경찰관은 국민의 자유와 권리의 보호 및 사회공공의 질서유지를 그 직무로 하는데, 그 구체적인 직무의 범위는 아래의 7가지다.

① 국민의 생명·신체 및 재산의 보호

② 범죄의 예방·진압 및 수사

③ 경비, 주요 인사 경호 및 대간첩·대테러 작전 수행

④ 치안정보의 수집·작성 및 배포

⑤ 교통의 단속과 위해(危害)의 방지

⑥ 외국 정부기관 및 국제기구와의 협력

⑦ 그 밖에 공공의 안녕과 질서 유지 등

이들 업무를 보완하기 위해 가) 불심검문과 동행요구 나) 긴급구호 요청 다) 위해 방지 및 통행제한 라) 범죄 예방 마) 사실 확인

바) 직권 남용 방지 등을 규정하고 있으며, 구체적인 시행 내용은
「경찰관 직무집행법시행령」에 규정되어 있다.

♣1975년 1월 6일 월요일

오전 3번 째 강의시간은 총경 한 00 교무과장의 정훈시간이었
다. 사람의 관심을 끌 수 있는 잘 생긴 용모에다 인격도 훌륭한 것
으로 알려져 있다. 하지만 인격과 인품을 갖춘 자도 교육에 관해
서는 엄하신가 보다.

강의실에 들어서자마자 차렷 자세가 어떠하니 정신상태가 어떠
하다며 꾸중으로 시작하는 것이다. 수강생인 일경들은 찬물에 발
을 담근 것처럼 정신을 바짝 차리고 있었다. 그런데 웬 실수일까?
우리들은 7일 졸업식이 있다는 것이다. 내일 아닌가? 여기저기서
웅성웅성하기 시작했다. 그러니 한 교수도 당황하기 시작했다. 본
부에 알아보니 7일이 아니라 10일이 맞다는 것이다. 끝나는 그날
까지 "이성을 갖고 행동하라." 는 좋은 말씀도 있었지만 실수 끝에
한 말씀이라 흥미를 끌지 못했다.

3. 하강훈련, PT 및 봉술 훈련

경찰대학에 설치되어 있는 33feet(10m) 낙하훈련은 개인적으

로도 좋은 경험이었다. 오그라들고 떨리는 가슴으로 두 발을 감싸 안고, "낙하!"란 소리와 함께 공중으로 뛰어 내리는 훈련을 뭐라고 표현할까? 현재 고소공포증이 있는 나로선 생각만 해도 아찔하다.

또한 PT 및 봉술 훈련도 아무데나 받을 수 있는 교육이 아니라서 지금도 그때의 감정이 생생하다.

특히 일요일엔 면회가 허용되었다. 작은 형과 형수 그리고 친구들 까지 면회를 와 주었다. 훈련소에 비하여 삶의 질이 달라졌다. 크리스마스, 신정 등 공휴일이 계속되어 노는 것도 지루하다. 아니 즐거운 비명이다.

4. 어디로 배치될까

우리 전경 요원들은 졸업 후 어디로 가게 될지가 최대 관심사였다.

대체로 고향 쪽으로 가고 싶어 하는 눈치다. 나는 고향인 경남으로 가고 싶은 마음도 없잖아 있지만 간간이 대학 소식도 들으려면 서울과 가까운 인천이 더 유익하다고 생각했다.

저녁식사를 끝낸 뒤 내무반에 들어와서 책을 보려고 하는데 발가락이 간질거리는 것이 아무래도 심상치 않다. 양말을 벗어 보니 양쪽 발가락이 1도 동상에 걸려 있었다. 부랴부랴 찬물로 씻어내고 연고를 바르고 취침에 들어갔다. 10시 취침에 잠이 들락 말락 하는데 입초라고 불침번이 깨운다. 11시부터 12시까지 입초 근무를 섰다. 기온은 영하인데 앙상한 나뭇가지 사이로 찬바람이 쌩쌩 분다. 입초를 서고 있으니 온갖 잡념이 다 밀려온다. 고향의 부모형제들은 잘 계실까? 현재의 나란 존재는 어떠한가? 불투명한 미래에 대한 막연한 기대와 두려움을 어떻게 극복할 수 있을까?

한 시간 동안 이리 움직이고 저리 움직이고 하다 보니 시간이 간다. 가만히 서 있는 것 보다는 왔다 갔다 하며 추위와 싸우기도 하고, 미래를 설계하며 설레는 마음을 달래가며 입초를 섰다. 저 멀리 부평 시내에서 아련히 비춰오는 전기등의 반짝임을 바라보며 향수에 젖는다.

"고향 친구들은 오늘 밤 어떻게 밤을 지새며, 대학 친구들도 책과 싸우며 자유와 진리를 향해 나아가고 있겠지?"

"친구야 안심하고 자라. 내가 조국의 방패가 되어 오늘 밤도 이렇게 지키고 있노라!"

5. 책을 읽을 수 있다니

♣ 1월 7일 화요일

기온이 영하 6도란다. 일조 점호시간에 선착순 1위로 아래 운동장에 도착했다. 소대의 단결 부족으로 중대장의 특수훈련을 받고 운동장 2 바퀴를 도는 동안 선두에 선 관계로 매서운 칼바람을 온 몸으로 맞았다. 차가운 기운에 양 뺨과 귀가 시려 얼얼하다 못해 누가 건드리면 "툭" 하고 떨어져 버릴 것 같다. 아침엔 식사당번을 맡았다.

오후에 교목실로 가 '예수의 젊은이들'이라는 책을 빌려 왔다. 빌리 그레이함(Billy Graham)의 저서인데 "종말은 이제 얼마 남지 않았다." 라고 하였다. 너무나 마음이 각박해진다. 인간은 부족한 존재로서, 부족한 존재이기에 의지해야 할 존재를 찾아야 한다. 어떤 이는 자기 자신을 의지한다고 하지만 이것은 너무 순간적인 소 영웅의 착각일 뿐이다.

졸업을 며칠 앞두고 책에 대해 온 신경을 집중시킬 작정이다. 책과 벗하고 책과 더불어 한평생을 보내면 좋겠다. 특히 사상에 관한 책을 많이 읽어 보고 싶다. 하지만 환경은 쉽게 주어지지 않는 것 같다. 남자들의 세계에선 항상 음탕한 얘기가 떠날 날이 없는 것 처럼 말이다.

오늘도 하루는 갔는데 난 얼마나 교양 면에서 또는 사상면에서

위축되었는지 또는 성숙 발전하고 있는지 모르겠다. 효일이와 석장이와 같이 찍었던 사진을 찾아서 보고는 속으로 웃음을 감출 수가 없었다. 한 사람은 눈을 감고 있고 또 한 사람은 흑인이고 그 옆의 나는 또 어떻게 하고 있나?

♣ 1월 8일 수요일

종일 지루한 하루였다. 엊저녁에 마신 소주 때문에 머리가 지끈지끈하다. 마음 한 구석에 자리한 우울감을 달래려고 식사당번을 맡기로 했다. 빌리 그레함의 '예수의 젊은이들'이란 책을 읽으며 새삼 신의 존재에 대해 경외감을 느껴본다. 부조리한 사회 속에서도 언젠가 영생의 날이 다가 오겠지? 자신의 "지식과 행동에는 차이가 있다."는 솔직한 의사 표명에 비하면 상대적으로 난 작아 보이기만 했다.

"어떤 환경 속에서도 진리를 향한 길을 찾아야 한다."

♣ 1월 9일 목요일

영하 7°의 강추위다. 새해 들어 오랜만에 겨울다운 추위가 맹위를 떨친다. 12월만 해도 이상기후로 가을 같은 겨울이더니 1월로 접어드니 어느새 겨울다운 겨울이 우리 곁에 다가 와 있다.

경찰대학에서의 마지막 수업이 될지도 모르는 강의를 들으며 언제나 그랬던 것처럼 졸업을 담담히 받아들이는데 익숙해진다. 졸업은 끝을 의미하지만 거기에는 '새 출발'이라는 뜻도 강력하게 자리한다. 경찰 대학에서 규칙적인 생활을 통해 교육받고 학습했지만, 난 진정 무엇을 배우고 나가는가?

논산 훈련 10주를 통해 배운것은 악(惡)과 욕이었다. 다시 올 수 없는 귀중한 젊음의 시간에 난 얼마나 가치 있는 삶을 살아가고 있는지 반문해 본다. 어쩌면 하루 3끼 배고픔을 채우기에도 급급하고 1차원적인 생존방법만 해결하는데도 바빴다.

세계적 위인들은 20세 전후에 스스로 자기의 삶을 개척해 갔는데, 난 국방의 의무라는 굴레 속에서 벗어나지 못하고 있는 게 아닌가? 경찰대학에서의 마지막 하루다 싶으니 별의별 생각에 빠져든다. 알퐁스 도데의 '마지막 수업'도 생각난다.

"나도 시간을 금같이 귀하게 여기며 살아가는 날이 오겠지? 그래! 그건, 바로 오늘 이 순간 부터야!"

6. 전경 졸업식

♣ 1월 10일 금요일

오늘은 전경 4주간 교육에 대한 졸업식이 있는 날로 전 훈련생들이 은연중 기다려 왔던 시간이다. 졸업이라면 우리는 초등학교, 중학교, 고등학교에서 해 본 경험이 있다. 졸업하는 당사자들에겐 축하 받을 만한 것이다.

예수는 30대에 짧은 생애를 마감하면서 마지막으로 "난 다 이루었다."는 패기에 찬 영적인 말씀을 남겼다. 공자는 50세에 이르러 "하늘의 명을 깨달아 알게 되었다(知天命)"하였고, 석가는 "진리의 도를 다 깨달았다."고 원기있게 말씀했다.

우리는 얼마나 부족하고 미미한 존재인가? 그러나 긍정적 희망을 가지고 정의(justice)롭게 살다보면 찬란한 꽃으로 피어나겠지?

10시 정각에 치안감 최정한 학장을 위시한 여러 교관께서 나오셔서 조촐한 졸업식을 가졌다.

5부

자대 근무와 전역

5부

자대 근무와 전역

1. 자대 배치, 월미도 203부대로

♣ 1월 10일 금요일

내무반에 들러 각자의 더블 백을 챙겼다. 오후 2시에 앞으로 복무할 장소에 대한 배치를 받기로 하였다. 경기도 배치 44명 중 경남 출신 병은 내가 유일무이한 것 같다. 희망해서 가는 곳이지만 그간 정들었던 친구들과의 이별은 섭섭했다. 경기 병력만 먼저 떠나가기에 채 인사도 못 나누고 대기차에 올랐다.

약 20분 후 경기도 경찰국(당시는 인천이 경기도에 속해 있었고, 경찰국은 인천에, 도청은 수원에 있었다)에 도착했다. 44명은 다시 203부대와 205부대로 분리 배속되었는데 나는 203 전경부

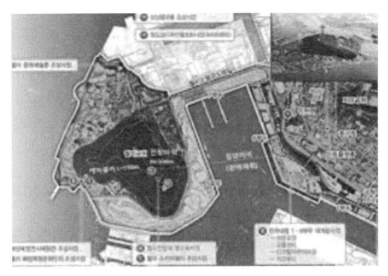

좌로부터 월미도공원, 인천 내항, 자유공원임, 70연대의 월미도는 군사 요새였으나, 현재는 공원임)

대로 배속 되었다. 대기하고 있던 전경차에 다시 몸을 싣고 부대에 도착하니 기분이 가뿐하고 좋다. 이제야 내가 머무를 첫 임지에 왔구나! 전투경찰대의 대장(隊長) 및 선배들에게 신고를 하였다.

대장은 "이제 3년간 이곳에 있을 거니까 부디 성실하게 근무해 달라"고 자상한 훈시를 하셨다.

하루가 어둑어둑 저물어 갈 즈음에 우리는 우락부락해 보이지만 그래도 다감하기 그지없는 선배님과 함께 따뜻한 저녁식사를 같이 했다. 얼마나 부드럽고 또 따뜻한 인정이 넘치는지 감동스러웠다. 8시 점호인데, 논산과 비교하면 천지지간(天地之間)이다. 곧이어 회식 파티를 했는데 인절미가 맛있었던 것이 기억에 난다.

"군대라 한계가 있지만, 그래도 모처럼 훈훈하고 푸근한 분위기였네요."

2. 꿈같은 짧은 첫 휴가

♣ 1월 11일 토요일

전투경찰대에서의 하루가 지났다. 점호를 하기 전에 헐레벌떡 운동장에 모여 월미도 반 바퀴를 돌았다. 차가운 바닷바람이 귓바퀴를 스쳐오고 등줄기로 흘러내리는 땀방울이 대조되어 정신마저 오락가락한다. 점호를 마치고 식사당번을 맡았다. 바로 위 기수인 15기 선배의 따뜻한 안내로 하나하나 시키는 대로 하니 마음이 가볍고 일도 수월했다.

오후가 되니 별안간 외박을 나가도 된단다. 식사 당번에 미처 챙길 새도 없어 구두도 닦는 둥 마는 둥 하여 신고를 마치고 동기생들과 함께 정문을 나섰다. 달랑 세면 백 하나에 노트 한권이 모두다. 거기다 차비도 없는 빈털터리 신세였다. 이성기 전경 동기의 권유로 부평에 있는 자기집으로 향했다. 가족들은 100일 만에 만나니 얼마나 놀라우며 반갑고 대견했겠는가? 나도 덩달아 환영을 받아 기분이 정말 흐뭇하였다.

힘들고 지루하기만 했던 군사교육 끝에 마침내 전경으로 거듭나 첫걸음을 한 셈이었다. 우리는 함께 이발을 하면서 높은 물가에 놀랐다. 저녁식사도 맛있게 했다. 군대 밥과 사회 밥은 확실히 다르다. 식사 후 동기생과 함께 곧장 우리 집으로 향했다. 버스 안의 모든 사람들이 어쩐지 우리를 쳐다보는 것 같다. 우리의 모포가 특이하기 때문일 것이다. 괜히 우리의 자세와 행동이 부자연스러워진다. 대학가 신촌로터리에서 버스에 내려 집에다 전화연락을 해 놓고, 친구 장건상에게 전화를 했다. 곧장 달려온 친구는 몹시 초췌한 모습이었다. 알고 보니 공부에 시달렸기 때문이란다. 행정고시 2차 시험까지 쳤다고 한다. 나에겐 얼마나 쇼킹한 소식인가? 불과 3개월 만에 벌어진 차이가 이런 것일까? 일개 전경에 불과한 나 자신이 초라하고 부끄러워졌다. 훈련하는 동안 보낸 그간의 시간들이 주마등처럼 스쳐간다. 실력으로 당당히 행시에 도전하는 친구를 진심으로 축하해 줬다. 아쉬운 이별의 악수를 나누고, 집에 도착하니 밤 11시30분 이었다.

배고픔을 라면으로 때우고 비좁은 방에서 잠을 잤다. 이렇게 첫 휴가의 첫날은 지나갔다.

♣ 1월 12일 일요일

일어나니 채 7시가 되지 않았다. 가벼운 마음으로 거리를 나가 보니 세상이 달라져 보였다. 작은 형에게 고향 시골로 가봐야겠다고 했더니 흔쾌히 그러란다. 이리저리 꾸물대다 보니 9시가 훌쩍 지났다. 친구와 함께 집을 나서 포도주 한 병을 마시고는 혜

어졌다.

서울역을 향하니 마음이 든든하고 기분이 좋다. 고향으로 갈까 아니면 부산으로 갈까 망설이다 부산행 기차에 올랐다. 부산 누님 댁에 도착하니 밤 10시가 넘었다. 그동안 훈련받은 내용을 얘기 하다 보니 자정이 지난다.

♣ 1월 13일 월요일

새벽 밥을 먹고 내 고향 합천 행 고속버스를 탔다. 집에 도착해 그리웠던 어머님, 아버지, 동생들 그리고 친척들과 동네 아줌마 아 저씨들을 찾아 뵀다 .

"그간 잘 지냈습니다." 라고 할 뿐, 더 깊은 얘기는 나눌 수 없었 다. 다행히 내가 건강해 보여 좋다고들 한다.

오후 3시에 노선버스에 올라 대구로 향했다. 대구에서 육촌 형 에게 전화를 했더니 반가워한다. 만나 식사와 술을 마신 뒤 9시 경 에 헤어져 용산행 완행버스를 탔다.

♣ 1월 14일 화요일

오늘은 3박 4일의 휴가를 마치고 귀대하는 날이다. 고향 집에서 가져온 홍시와 곶감을 먹고는 친구들에게 전화를 하며 아침시간 을 보냈다. 서울역으로 가 명찰과 견장을 새기고는 서둘러 부평으로 향했다. 오늘은 대학 입시 고사일인지 대학가엔 플랭카드가 바람에 마구 흔들린다.

엊저녁에 한숨도 잠을 못 잔 탓인지 버스 안에서 내내 졸았다. 부평 동기생 집에 도착하니 친구는 채비를 마치고 기다리고 있었다. 우리는 서둘러 일용품을 챙겨 203전경 본부로 되돌아 왔다. 2시까지 귀대(歸隊)해야 하는데 정확하게 2시 1분전에 도착하였다. 밖에서 가져온 간식을 맛있게 먹은 뒤, 우리는 일과를 시작했다.

3. 해안 초소 첫 근무

전경 16기 동기생중 인천 월미도 203 부대 동기들(뒷줄 맨 오른쪽이 필자임)

♣ 1월 15일 수요일

10시에 '보건교육'을
받았다. 15기생이 3박4
일로 휴가를 나가는 바람
에 16기생들이 해변 초
소의 빈자리를 보충했다.
나는 제16초소로 저녁근
무를 나갔다. 해안 경비

가운데 필자, 우측 16기 김세환(월미도 도로 입구에서)

가 처음이다. 심 수경, 김이경, 서일경과 함께 근무를 섰다.

'매섭다.'는 인천 밤바다의 세찬 바람을 맞으며, 고성능 탐조등
을 간간이 비추었다. 1시까지 몇 만 볼트의 촉광으로 바다를 지켜
보는 것이 처음이라, 잠에 못이겨 몇번 꾸벅꾸벅하기도 했다. 선
배님의 따뜻한 배려로, 거센 칼바람과 야간근무임에도 훈훈하다
는 느낌이 든다.

♣ 1월 16일 목요일

환경이 바뀌면 적응하는데 시간이 필요하다. 아직까지는 하루
의 일과가 어떻게 나누어 지는지 잘 몰라 다소 어리벙벙하다. 다
행히 선배들이 대체로 친절하여 모르는 건 차근차근 가르쳐 줘 고
마웠다.

조국 방위와 대 간첩 섬멸의 지대한 책임을 안고, 찬바람 휘몰아치는 해변에서 근무를 서다 보면 스스로 언제 내가 이렇게 성장하였나 하는 생각도 든다. 푸른 파도를 타고 또 헤치며 힘차게 나아가는 배를 바라보며 나도 모르게 살아있어 꿈틀대는 생동감을 느끼게 된다.

군에서 새벽에 하늘이 희미하게 빛나는 시간을 BMNT(Beginning Morning Nautical Twilight, 항해박명)라 하고, 저녁에 항해박명이 끝나는 시간을 EENT(End Evening Nautical Twilight, 해상박명중) 라 한다.

어디서 인용한 시인지 내가 지은 시인지 잘 모르겠으나 일기장에는 다음과 같이 기록되어 있다.

BMNT시간이면 나는 좋아라.
조국수호의 신성한 권리로 살고 있다네.
밀려오는 푸른 파도에 실려오는
내 고향산천의 내음이여.
사방천지 모두가 정든 친구 위안자로
칠흑같은 어둠속에서 찬연히 빛나는 눈동자
내일을 꿈꾸는 마음엔 불꽃이 인다.
BMNT시간이면 나는 좋아라.

♣ 1월 17일 금요일

밤에 나오는 야식을 먹고 나니 아침에 일어나니 온 몸이 찌뿌등
하다. 밤참이 좋지 않다더니 역시 그 말이 사실이었구나!

4. 두 번이나 바다 귀신이 될 뻔한 이야기

가) 아름드리 원목 사이로 바다에 빠진 일

종합격투기 UFC (Ultimate Fighting Championship)는 미국
라스베이거스에 본부를 두고 있는 좀 잔인하고 폭력적인 경기로
피가 낭자한 모습을 볼 때면 보는 것만으로도 무서운데, 어설프게
흉내 내는 건 위험천만이다. 그런데 보고만 말것이지 내가 어설프
게 따라하다가 저 세상에 갈 뻔한 사건이 있었다.

당시 내가 소속된 소대에서 관장하는 해안초소의 하나가 대성목
재라는 합판제조 공장이 자리하고 있는 해변에 있었다. 그 회사는
인도네시아 등으로부터 10M 정도 길이의 아름드리 원목을 수입
하여 이를 바다 위에 띄워놓고, 필요량만큼 이를 육지 공장으로
건저 올려 절단하여 가루를 만들고 그 가루로 합판을 만드는 회사
였다. 근무를 서다보니 바다에 떠있는 원목에 올라 이 원목에서 저
원목으로 팔짝팔짝 뛰어 다니며 정기적으로 점검을 하는 직공이
보여 언젠가 그것을 따라해 보면 "재미있겠다" 싶었다.

날씨가 더운 어느 날 무심코 그 원목 더미에 유혹받아 내려간 것이 화근이었다. 보는 것과 행동하는 것은 다른데도 불구하고 그 원목을 건너다니다가 그만 미끄러져 총기를 멘 채 바닷물에 빠진 것이다. 총기를 잃어버려도 보통 일이 아니지만, 내가 바다 위로 올라오는데 원목이 움직여 위를 가로 막으면 그만 이 세상과 하직할 수밖에 없는 상태였다. 천운으로 총기도 잃어버리지 않고 바닷물에 옷을 흠뻑 적시기만 한 채 살아나긴 했다. 그때를 생각하면 지금도 오싹해진다.

나) 조류에 구사일생으로 헤엄쳐 나온 일

위의 사건이 있은 후 한 동안 자숙했다. 그리고 바다의 무서움을 깨닫기 시작했다. 그러다가 얼마나 시간이 지났을까? 초소 앞 50M 정도에 밀물인 경우는 보이지 않으나 썰물인 경우에는 나타나는 조그만 바위섬이 있었다. 바위가 나타날 땐 조그만 나룻배

를 타고 온 사람들이 열심히 뭔가를 잡는데, 알고 보니 바다가재라는 것이다.

그것 재미있겠다 싶어 반바지 차림으로 헤엄쳐 그 바위섬에 나가 직접 잡아 보고 싶었다. 나갈 땐 크게 어렵지 않았다. 바위섬에 도달해 아무 장비도 없이 가재를 잡으려다 날카로운 가재 발톱에 손가락 살이 베여 피가 나기도 했다. 문제는 그 다음이었다. 초소를 바라보며 헤엄쳐 온다는 것이 조류에 밀려 육지에 도달하는 것이 도저히 불감당이었다.

힘도 빠지고 기력도 없어진다. 안간 힘을 다하여 초소에서 멀리 떨어진 해변에 겨우 당도하였다. "물의 힘이 이렇게 세구나!" 하는 것을 체험한 젊은 시절의 만용(蠻勇)이었다. 사실 그 때까지 시골 냇가에서 헤엄친 것 외는 수영을 배워 본 적도 없던 내가 아니었던가?

5. 의정부 경찰서 관내, 송추검문소로 발령

기업에서 인력관리를 함에 있어 특정인을 한 자리에 계속 근무토록 할 수도 있고, 정기적으로 순환보직을 시킬 수도 있다. 두 방법 모두 장단점이 있다. 한 자리에 오래 머물다보면 비리 등 내부통제에 문제가 생길 수 있다.

이 순환보직을 원칙적으로 잘 이행하는 조직을 들라면 경찰서

와 세무서이다. 경찰의 일선 근무자인 순경이나 경장의 경우 12개월마다 이동함이 원칙이고 오래 근무한다 해도 2년을 초과하지 않는다. 우리 전투경찰도 그런 취지는 아니라 해도 순환보직 차원에서 근무지를 옮긴다.

1975년 경 월미도는 군사 요새였다. 육군을 비롯하여, 해군, 해병대, 공군 및 전경대가 있었다. 전경의 역할은 야간 해안 경비가 주 임무였다. 월미도에서 1년 8개월 정도 야간에 해안으로 침투하는 간첩을 방비할 목적으로 경계 근무를 위주로 복무했다. 그러다가 1976년 8월 23일 나는 경기도 경찰국 산하인 의정부 경찰서 소속으로 발령을 받았다. 8월 23일 전후의 일기장은 다음과 같이 기록하고 있다.

♣ 8월 22일 일요일 맑음

북한의 미군에 대한 도끼 만행 사건은 일요일의 대학살 사건이다. 나는 3박4일의 짧은 휴가 중이었는데, 갑자기 부대에서 귀대하라는 연락을 받고 새벽밥을 먹은 후 인천 월미도 부대로 복귀하였다. 몇몇 대원들은 "왜 이렇게 빨리 왔느냐?"며 심각성을 모르는 표정이었다. 내가 '태프건' 3호에서 2호로 변경되어 부대로 오라는 명령을 받고 왔다고 하니, 그제야 사태의 심각성을 인식하는 둔한 대원도 있었다.

그런데 분위기가 이상하다. 휴가기분을 상한 채 전경 본부로 들어가는 나에게 소대장은 알 듯 모를 듯 위안을 준다. 본부에 도착해서 그 진실을 알고 나는 어리벙벙했다. 내가 다른 데로 전출가게 된다는 것이다. 휴가가기 전 며칠 전에 풍문이 있긴 하였지만 나는 대상자에서 제외되어 "잘 됐다!"고 했는데 무슨 날벼락인가? 그것도 내일 날짜로 말이다. 이래저래 일요일은 군 생활 복무 2년여 만에 충격의 파도가 크다.

오후가 되자 부슬부슬 비가 내린다. 그 와중에도 대원들끼리 배구시합을 했다. 밤이 되자 해안 초소에 투입했다. 이제껏 여러 번 송별연을 하여 보았지만 그것은 나보다 군번이 빠른 고참을 위한 송별연이었는데 반하여 오늘은 고참들이 나의 전출을 위한 송별연을 베풀고 있으니 기분이 어쩐지 묘하다. 앞으로 이런 생각지도 않은 이변(異變)을 살아가는 인생에서 몇 번이나 경험하게 될까?

♣ 8월 23일 월요일 맑음

소대장, 향도님과 함께 아침 식사를 하고, 점심엔 약간의 맥주도 마시니 뭔가 묘한 기분이 든다. 오후가 되면 떠나는데, 굳이 미련을 남길 필요가 없지 않을까? 고생의 다과(多寡)를 막론하고 사람은 환경의 전환이 간혹 필요하다. 12시 30분경에 신고식을 마치고 의정부 경찰서 대기차량을 기다렸다. 안성, 수원, 용인, 부평 경찰서 등으로 하나 둘 떠난다. 정들었던 대원들은 이별의 악수를 나누며 떠나간다.

마지막으로 우리가 가야할 의정부경찰서 행 차량에는 3시가 넘어서야 탈 수 있었다. 가야만 하는가? 꼭 가야만 한다면 웃으며 가보자! 고속도로를 거쳐 신촌, 송추를 거쳐 의정부에 도착했다. 뭔가 서먹했다. 다행히 구면인 박우양 경사와 식사를 마친 뒤 밤 8시 경에 우리는 배정된 각 검문소로 향하였다. 박우양 경사는 의정부 경찰서에 있기 전 203 전투경찰대에서 근무한 적이 있기 때문이다.

　나는 송추검문소로 발령이 났다. 송추 검문소는 송추 유원지와 약 500m 정도 서쪽으로 떨어진 삼거리로 헌병검문소가 잘 되어있었다. 의정부, 구파발, 장흥에서 합쳐지는 삼거리 검문소이다. "앞으로 애로점도 할 일도 또 배울 점도 많을 것이다. 검문소에 근무하면서 의무전경의 본분을 다듬어 차근차근 해보도록 하겠다."

　♣ 8월 24일 화요일 갠 후 비

　오전에 처음 도로 검문검색을 해 보았다. 특히 검문소를 통과하는 모든 버스에 오르내리느라고 시간가는 줄 몰랐다. 저녁이 되어 다시 시작한 도로 검문검색 때는 다리가 아프다. 밤이 되어 비가 내린다. 피곤하고 몸살기가 있어 모든 것이 귀찮다. 빨리 잠이나 자야겠다.

6. 연탄가스 중독 사건

송추검문소는 헌병 1개 분대와 경찰4명이 근무하는 군관 합동 검문소였다. 엄밀하게 말하면 헌병 검문소 인데, 경찰이 슬쩍 끼어들어 민간인과 차량 등을 검문하는 일종의 셋방살이 합동검문소와 비슷했다.

경찰 4명이라 함은 전경 2명과 경찰관 2명인데, 경찰관 2명은 하루 건너 하루로 근무하는 출퇴근자이고 2명의 전경은 헌병 초소에서 조금 떨어진 곳에 숙식을 할 수 있도록 원룸형의 조그마한 단독 집이 있었다. 그러나 주 용도는 12시간씩 교대 근무하면서 숙소로 활용하고, 취사도 할 수 있도록 부엌도 있었지만 2명을 위한 식사 준비에는 시간적으로나 경제적으로 비효율적이라 경찰관의 도움으로 검문소 근처 민가 식당에 부탁해 밥을 해결하고 있었다. 물론 민가 식당에는 손해가 없도록 경찰국에서 전경에게 지급되는 쌀, 부식비 등은 물론이고 추가 비용까지 깔끔하게 정산해 주었다.

숙소의 방은 연탄 아궁이 온돌방이었다. 연탄(煉炭)은 석탄 중에서도 주로 한국에서 많이 나는 무연탄을 가루로 만든 다음 점토와 섞어 원통형으로 가공하고, 가운데 구멍을 뚫어서 불에 잘 타게 만든 당시 우리나라 도시의 보편적인 연료이다. 대표적인 것이 구멍이 9개인 구공탄이었다. 장시간 안정적인 난방연료를 요구하는 한국의 거주 환경에서 석탄 중 가정용 연료로 최적이다. 규격화가 되어 있고, 집게로 집어서 다룰 수 있기 때문에 그냥 석탄을 태우는 것에 비해서는 매우 편리하다.

특히 1950년대 이후 산림 황폐화 대책의 일환으로 연탄이 보급되기 시작한 이래로 많이 쓰였고, 1980년대 초반까지 이걸 연료로 하는 연탄 보일러를 둔 집이 많았지만, 그 뒤 석유 보일러가 유행하고 도시가스가 공급되면서 급격히 사라졌다. 특히 급격한 생활수준의 향상과 제6공화국 이후 석탄산업 합리화 정책에 따른 폐광의 급증 때문에 공급과 수요가 모두 급락했고, 한 때 사양산업이 되기까지 하였다.

화석 연료인 연탄의 최대 위험은 연탄가스 중독이다. 연탄 연소시 발생하는 일산화탄소(carbon monoxide)가 인체로 들어가 인체 내의 기관에 산소 공급을 중단시켜 산소부족으로 인한 질식사가 일간 신문에 종종 기사화 되곤 했다.

그날도 추운 겨울 새벽이었다. 이미 나는 연탄가스에 중독이 된 상태라 머리가 아프고 가슴이 짓눌리는 느낌을 받으면서 그 괴로움에 "살려 달라."고 소리 지르고 발버둥 쳤지만, 그것은 무의식 속에서만 외친 것이었다. 겉으로는 한 마디도 말을 못하고 발버둥 친 흔적도 없다. 다시 말하면 정상적인 사람이 유심히 보지 않으면 가스중독이 되었는지를 모르는 경우가 많다. 그때 후배 교대자가 나를 깨우러 오지 않았다면 나는 이 세상과는 이별이 되었을 것이다. 급히 나를 업고 숙소 밖 영하 10도에도 불구하고 2시간 정도 방 밖에 두었더니 깨어나더라는 것이다. 그때를 생각하면 나는 인생을 두 번 사는 셈이다.

7. 퇴계원 검문소로 발령

송추 검문소에서 근무한 지 5개월이 지나갈 무렵인 1977년 1월 20일, 나는 의정부 경찰서 관내 퇴계원 검문소에 근무할 것을 발령받았다. 지금은 의정부시에서 남양주시로 분리된 지역이다. 경춘선 퇴계원역에서 서울방향으로 약 1㎞ 정도 떨어진 별내 방향, 의정부 방향, 퇴계원 방향의 세 도로가 만나는 지점의 삼거리에 있는 헌병 검문소였다. 퇴계원 검문소로 발령이 날 당시 1월 20일 전후의 일기장은 다음과 같이 기록되어 있다.

♣ 1월 19일 수요일 맑음

만나면 헤어져야 하는 것이 인지상정인가? 그렇기에 나는 또 송추 검문소의 정든 대원들과 헤어져야 하는가? 퇴계원 검문소로 발령났다는 소식에 섭섭했다. 밤엔 늦게까지 술을 마시다.

♣ 1월 20일 목요일 맑음

오전 9시에 신고식이 있다기에 대충 사물을 정리하고 가벼운 마음으로 의정부 경찰서로 갔다. 벌써 임상경은 가방까지 들고 와서 기다리고 있었다. 곧이어 창근이가 나타났다. 경비계장님의 인솔로 서장님 앞에서 신고를 했다.

다시 경찰서를 나와 근무하던 송추검문소로 가 짐을 챙기고 정리하다 보니 어느덧 정오가 되었다. 점심으로 라면 한 그릇을 겨우 채운 다음 버스를 탔다. 오늘이 월급날이다. 임지에 도착하니 저녁 6시다. 언제나 그러했듯이 분위기가 서먹서먹한데다, 초소는 먼지투성이로 마음에 들지 않는다. 그래도 참아야지! 이곳 검문소의 대인관계도 원만하지 못하다는 소문이 있었는데, 실제로 보니 그런 것 같다. 하지만 새로운 마음 새로운 기분으로 후배들을 이끌어 언젠가 떠날 그 때는 그립다는 말이 나올 수 있도록 해야겠다.

♣ 1월 21일 금요일 맑음

아침 일찍 퇴계원 검문소에서 의정부경찰서로 가려는데 가는 코스에 서울 망우리 검문소를 통과해야 하는 모양이다. 그런데 망우리 검문소에서 그곳의 헌병과 우리 검문소의 후배 전경이 입씨름을 벌이고 말았다. 나는 두 검문소 사이가 어떤 관계인지 몰랐다. 그냥 그냥 기분 좋은 상태로 후배들과 버스에 앉아 있는데 우리 초소의 이 일경과 헌병이 왈가왈부 시시비비를 말하는 게 아닌가?

"헌병이 우리 전경에게 검문하는 이유가 뭐냐?" 하는 것이 이 일경의 항의였다. 알고 보니 그곳 전경과 헌병이 짜고 우리 퇴계원검문소의 전경을 골탕 먹이려는 미리 준비된 연출이었다. 내가 부임하기 며칠 전 두 검문소의 전경끼리 좋지 못한 말이 오갔다는 것이다.

그건 그렇고 서울 전경이 기수를 속여 가며 나보다 고참 행세를 하려는 것이 어찌나 분한지 참을 수가 없었다. 하는 수 없이 30여 분 동안 설교아닌 설교로 타일러서 앞으로 재차 그런 불상사가 없도록 하겠다는 다짐을 받았다. 망우리 검문소에서 지체하다 보니 의정부 경찰서에 도착한 시간이 11시가 되었다. 일찍 온 타 검문소 대원에게 연유를 설명하니 오히려 흐뭇해한다. 야외 교육을 마치고 점심을 먹은 뒤 또 여러 지시사항과 교양 수업을 받고 영화 '카산드라 크로싱'을 보고나니 4시가 넘는다.

♣ 1월 22일 토요일 맑음

퇴계원검문소의 실내 및 주위에 대한 대청소를 시작했다. 검문소 자체가 정식 검문소가 아니라, 한 때 구멍가게로 사용하던 공간을 개조하여 공간의 도로쪽은 검문소 행정실로 사용하고 뒤쪽에는 임시 침실 공간을 두고 있었다. 깔끔할 수가 없는 구조라서 정리정돈부터 시작했다. 하루 종일 바빴다.

먼지투성이의 방을 청소한다고 하나 여전히 만족할만한 상태는 안 되었다. 그래도 많이 달라진 건 사실이다. 대충 이 정도에서 만족해야겠다 싶다. 피곤하다.

8. 100일 훈련 집체교육 결과 개인 1위

군인이든 전경이든 평소에 훈련하고 흘린 땀만큼 실전에도 가면 비례하여 승률이 있다. 그래서 이런 저런 제목으로 교육을 받게 된다. 100일 훈련도 마찬가지다. 전경이 되려면 전반기, 후반기 및 경찰 교육을 거치는데, 그 기간이 정확하게 100일이다. 이 100일을 상기하여 부대 내의 100일 훈련을 거쳐 1977년 3월 14일부터 3월 26일까지 2주간 경기도 경찰국에 모여 집체교육을 받았다.

3월 13일 의정부경찰서에 일단 집합하였다가 2시경에 인천 경찰국에 도착했다. 관련 기간에 몇 개의 일기를 예로 들면 다음과 같다.

♣ 3월 14일 월요일 맑음

9시에 신상혁 경비과장님을 모신 뒤 입교식을 행하고 곧 바로 정신훈화를 하는데, 약간 지루하다. 그래도 후배도 함께 듣고 있으니 참아야지 어쩔 수가 없다.

♣ 3월 16일 수요일 맑음

처음으로 실내교육에서 야외 각개전투 훈련을 종일토록 연습했다. 그래서 그런지 온 몸이 쑤신다. 이럴 때일수록 나 자신의 평소 교양과 마음을 재고해 본다.

♣ 3월 17일 목요일 맑음

약간 따사한 날씨다. 오늘은 부평 안화지 야외 교육장에서 분대 전투 연습을 맹렬히 받았다. 최소 단위인 분대가 승리의 밑바탕임을 깨닫고 땀을 흘리면서 잡목과 가시밭길을 헤치며 오고갔다. 물씬 풍기는 솔 내음과 짜릿한 고향의 향수내음이 야전의 땀방울과 어울려 착잡하다. 피곤한 마음과 몸이지만, 즐거운 마음으로 '경찰국'으로 되돌아왔다.

♣ 3월 18일 금요일 맑음

유격훈련이다. 유격이라고는 하지만 외줄타기를 제외하곤 모두 기초적인 훈련이다. 단지 5시간에 걸쳐 PT체조가 육체의 괴로움을 심하게 만든다. xx공수 특전 여단에 비하면 아무 것도 아니지만, 오랜만에 받은 훈련이라 다리가 저리고 아프다.

♣ 3월 19일 토요일 맑음

산악행군을 마치고 직무검열을 마친 뒤 절반이 외박을 나갔다. 교육기간 중 특혜 중의 특혜인 것 같은데, 나는 내일 외출을 위해

나가지 않았다. 절반 밖에 없는 대원들끼리 저녁을 호화 비빔밥
으로 먹었다.

♣ 3월 20일 일요일 맑음

임상경님의 집에 갔다. 외출이라고는 하지만 오갈 데가 없는 사
람의 신세라 그곳에 갔는데 통닭이며 맥주 등이 나와 맛있게 먹었
다. 특히 3시부터 열린 이스라엘과 월드컵 축구 예선전을 3:1로
통쾌하게 이길 수 있어 보는 이로 하여금 감탄을 연발하게 하였다.
7시에 들어와 또 재미있게 놀았다.

♣ 3월 22일 화요일 맑음

교육 대신 측정에 대비하여 자습을 하다. 왼쪽 엉덩이 옆에 종기
가 발생했는데 상당한 통증이 온다. 참 불편하다.

♣ 3월 23일 수요일 맑음 후 흐림

갑작스럽게 교육 변경이 있었다. 부평 안회지 교육장으로 향했
다. 전투사격이며 영점사격을 실시하는데 종전보다 기록이 경신
된 느낌이다. 천천히 한발씩 조준을 하여 신중히 한 결과였을까?
고속도로로 오던 중 그만 차기름이 떨어져 6km여의 거리를 구보

할 수밖에 없었다. 등에 땀이 나는 것은 말 할 것도 없고 왼쪽 종기가 심한 통증을 유발시킨다. 사력을 다해 무사히 경찰국에 도착할 수 있었다. 저녁에는 필기시험을 치렀다. 그런대로 잘 치른 것 같은데 결과가 나와 봐야지 그 전엔 속단하지 말기로 했다.

♣ 3월 24일 목요일 바람

전투사격을 기록하는 날이다. 기록인 만큼 신경을 더욱 곤두세워 사격에 임했다. 오늘의 사격이 어떻게 보면 의무전경에 몸을 담고 있는 중 마지막이 될 지도 모른다. 따라서 안화지 종합훈련장도 '굿 바이'가 될 수 있기 때문이다.

사격에 정성을 다하고 사력을 다하자. 얼마가지 않아 눈보라가 몰아친다. 철모와 앞가슴 앞 다리 등에 살며시 앉은 눈이 피부의 열에 의해 녹으면서 스며든다. 어김없는 봄이건만 이 무슨 조화라고 이토록 봄에 눈이 온단 말인가? 그래도 30여명이 유행가며 군가를 목이 쉬도록 부르다보니 20km의 거리도 순식간에 달린다. 장한 전경대원의 함성에 일시에 눈이 녹는 듯 도착하자마자 맑게 개인다.

사격을 잘 해야지 하는 생각도 순간이다. 심한 계곡 바람이 오락가락하면서 먼지투성이 폭풍이 얼굴 중앙으로 불어댄다. "틀렸구나." 라며 도저히 사격을 못 하겠다고 작전주임이 판단한다. 야간사격까지 겹친 날이라 체육복까지 겹쳐 입었지만 오들오들 떨 수

밖에 없다. 다행히 점심식 사가 도착하였으나 먹을 장소가 마땅치 않아 부엌에서 엉거주춤하며 먹었다. 그런 사이 날씨가 풀리니, 이제는 사격을 강행한다.

바람과 눈이 시시각각 불어 닥치는 엄청난 핸디캡에도 불구하고 조별마다 1발 1발 150m전방을 향해 쏘았다. 저조한 기록이 될 수밖에 없는데, 다행히 6점 만점에 5점을 맞았다. 저녁7시 30여분이 되어 야간 지향사격이 있었다. 6점 만점에 3점이라는 저조한 기록이다. 결과는 그렇지만, 사격 환경을 고려하면 그런대로 자위 할 수밖에 없다. 나의 전경 생활 중 마지막 사격이라 최선을 다한 것 같다. 사격을 마치고 경찰국에 도착하니 밤 10시 30여분이 되었다. "내일은 10km 완전 군장 구보 측정이므로 편히 쉬어야지." 왼쪽 종기에 통증이 자꾸만 심해진다. 빨리 잠을 청하자!

♣ 3월 25일 금요일 맑음

잔잔한 바람이다. 시원하기에는 다소 추위마저 느끼지만 오랜

만에 느낄 수 있는 상쾌함이다. 응급 처치에 대해서 1시간 강의를 듣고 둘째 시간부터 구보 측정이 있었다. 월미도에서 송도까지의 10km를 완전군장으로 달리는 힘겨운 경주가 시작되었다. 바다 곁으로 달리는 두 억센 다리가 한 걸음 두 걸음 힘겹게 달리는데 구보의 달인들은 벌써 전방 몇 백 m를 힘차게 뻗어 나간다. 55분이란 저조한 성적으로 끝마쳤다.

오후에는 태권도 측정을 끝으로 드디어 모든 측정이 끝났다. 저녁이 되었다. 집체 교육중 오늘 밤이 마지막 내무생활이 되는 것이다. 그렇지만 독수리 경계훈련 때문에 모두 잠을 마음대로 청할 수 없었고 회식이라도 하였으면 하였으나 주위 여건이 여의치 않아 간단하게 담소하였다. 그러한 사이 내가 종합 점수 1위라는 말에 2,000원을 빌려서 회식을 했다.

"우승이란 좋은 것이다!"

♣ 3월 26일 토요일 맑음 후 비

퇴교식을 2시에 하고 작별의 인사를 하고는 각자 자기 근무지로 향했다. 흐린 날씨가 금방이라도 비가 내릴 것만 같다. 급기야 고속도로에서 비를 만났다.

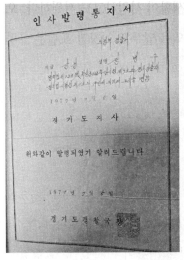 

9. 1977년 7월 7일 전역하다

의정부 경찰서 관내 퇴계원 검문소에서 근무한지 어느덧 6개월
이 흘렀다. 드디어 1977년 7월 5일자로 전역을 명(命)받았다. 7월
6일 전후의 일기장은 다음과 같이 기록하고 있다.

♣ 7월 4일 월요일 비

나의 이름이 근무 일지에 공식적으로 기록되는 마지막 날이다.
오늘은 "이래도 마지막 저래도 마지막"이란 말이 계속 따라 붙어
다닌다. 그동안의 근무에 익숙해서인지 막상 전역한다고 하니 한
편으론 허전함이 몰려온다. 저녁도 먹지 못한 채, 잘 마시지도 못
하는 술로 밤늦게까지 후배 전경들과 비번(非番) 헌병들과 함께 했

다. 웃고 울었던 지난날의 3년여 생활이 시원하고도 서운하다. 오히려 담담하고 그저 밋밋하다. 전역을 앞두고 거창한 표현은 그렇다 치더라도 마지막 표현이 겨우 이 정도밖에 안될 줄이야?

♣ 7월 5일 화요일 맑음

오후 4시경에 의정부 경찰서장님에게 전역 신고를 했다. 인생의 황금기 중의 황금기라 할수 있는 3년을 국가의 방패 노릇 하는데 직접 몸 바쳐 왔던 전투경찰대 생활이 아니었던가? 병영생활 하루하루가 힘들기도 했는데, 돌이켜보니 어저께 논산 훈련소에 들어간 것 같은 기분이다. 그런데 벌써 푸른 제복을 벗어 버리고 내 나름대로의 옷으로 갈아입어야 하는 자유의 길목에서 서성이고 있다. 겨울이 가고 봄이 오고 그것이 무려 3번 돌아 이제 소나기 내리는 7월이 왔다. 그토록 손꼽아 기다리던 대망의 쌍 칠년 7월이다.

♣ 7월 6일 수요일 비

경기도 경찰국에 직접 가서 제대 수첩과 예비군복을 수령하고, 다시 퇴계원검문소로 왔다. 집으로 발길을 돌려도 법적으로 문제가 없지만, 아니 그렇게 해야 했지만 자청해서 병영생활을 2일간 더 늘리는 대한민국 최초의 이단아가 되고 싶었다.

생각하니 그래도 병영생활 3년간을 대과(大過)없이 마치게 된 것이 뿌듯하다. 지난 3년간 얼마나 인내하고 얼마나 충성하였는지 측정하기 어렵지만, 생각하니 한밤의 긴 꿈처럼 스쳐간다. 생전 처음으로 방망이(빳다)를 맞는 순간, 선배로부터 이빨이 으스러지도록 맞은 그 억울함, 해안초소에서 차가운 해풍을 맞으며 발을 동동 굴리던 때, 여름이면 독한 바다모기에 물려 고생했던 일, 체력의 한계를 느끼며 받았던 공수유격 훈련, 하마터면 저 세상으로 갈 뻔 했던 3번의 순간(해안초소 앞 바다 위 수입통나무 사이로 총을 멘 채 다니다가 발이 미끄러져 바다 물에 빠진 일, 해안초소 앞 작은 바위섬이 가깝다고 수영하여 나갔다가 무서운 인천 썰물에 밀려 기진맥진 끝에 간신히 상륙했던 만용(蠻勇), 한 겨울 연탄가스에 중독되었다가 구사일생으로 깨어난 일), 집체교육 우승으로 마지막 대미를 장식하고 경기도 경찰국장의 표창장을 받은 일 등 여러 장면이 파노라마 영화처럼 스쳐간다.

정신적 고통도 신체적 희열도 추억의 박스 속에 두련다. 앞으로의 생을 어떻게 계획하고 준비해야 할지 생각하니 그것 역시 아득하기만 하다. 참으로 삶은 만만하지 않다. 그렇다고 현실에 만족하는 것도 어려운 것이다. 이런 저런 생각에 종일 머리가 지끈하다. 그렇지만 웃음을 지어 보자.

♣ 7월 7일 목요일 비

전역 때 필자

비가 계속 내린다. 떠나
는 사람을 전송이나 하듯
비가 내린다. 77년 7월 7
일. 칠십 칠년 칠월 칠일!
이 숫자가 예사롭지 않아
보여 , 후배들의 양해를 받
아 2일간 더 체류한 끝에 얻
은 날이다.

아마 우리 국군 역사상 자진해서 더 복무한 최초의 국방의무자
로 남을지도 모른다. 나는 군역 34개월 의무에서 대학 교련을 받
았다는 이유로 1개월을 면제받았으나, 대상자가 나 혼자라는 이
유로 전역식도 없이 나 홀로 집으로 향했다.

짐을 챙기고 후배 이상복 이경과 같이 서울로 향했다. 울고 싶
지도 웃고 싶지도 않다. 단지 담담할 뿐이다. 그저 담담! 공식적인
나의 전경생활은 오늘로 막을 내렸다. 이제 대해(大海)에다 나의
꿈과 의지를 띄워보자. 그리고 힘껏 노를 저어보자.

반세기 전 병영일기를 쓰기에 앞서 나는 서두에 다음과 같이 겁 없이 다짐하고 있다.

『사람들은 작심삼일(作心三日)을 말하곤 한다. 하지만 나는 인내하는 마음으로 성실하게 기록해 봐야지. 생생한 나의 일기장이 될 수 있도록 하고, 결단코 작심삼일이 안 되도록 다짐해본다. 오늘이 있음을 감사드리며, 일기를 기록하느냐 마느냐로 내 삶의 무게를 판단하리라! 언젠가 그때의 추억을 안주 삼아 축배를 들 땐, 그 시절에 흘린 땀과 눈물은 향기로운 포도주가 되리라!

1974년 (갑인년) 12월 29일 일요일,
전경 일경(一警) 정 병수 다짐하다.

30여 개월의 내 일기장은 오늘로서 끝을 맺는다. 다짐대로 약속을 이행했다. 추억의 샘터요 값진 보배다. 앞으로는 매일 일기를 쓰지 못할지 모르지만, 시간 나는 대로 기술하고자 한다. 내 삶의 영원한 등불이 되길 바라면서.

일천구백 칠십 칠년 칠월 칠일 정 병수 쓰다.』

6부

추억 속에 핀 수필

6부

추억 속에 핀 수필

● 6부에 실린 수필은 필자가 훈련병 시절의 실화를 바탕으로 작품화하여 이미 책자로 발표한 것이지만, 앞서 편집한 일기 내용을 보완 또는 관련이 많아 첨부한다.

● 참고로 필자가 지금까지 발표한 수필집은〈월간 수필〉 2015년도 3월호로 등단한 이래 "영원한 촌놈 (도서출판 오래, 2015), 촌놈이 어때서(도서출판 비움과 채움, 2017) 및 촌놈으로 살다보니(예감, 2021)" 등 3권을 발간하였다.

1. 삶의 동행자

"병수야! 인마, 나 현제다."

"아니, 네가 어떻게 여기에…"

"그래 어쩌다 그렇게 됐다!"

"그렇게 되었다니? 도대체 어떻게 된 게야?"

1974년 10월 3일, 논산훈련소 수용연대에서 나는 전혀 예상하지 못한 '뜻밖의 만남'에 눈시울이 뜨거워졌다. 둘이는 서로의 머리가 빡빡 민 것을 보고 어색해하며 웃는다. 우리가 논산훈련소 수용연대에 오지 않았다면 나는 신촌에서, 친구는 안암동에서 장발에 가까운 머리를 한 채 공부를 하고 있었을 것이다. 논산훈련소 수용연대는 징집된 예비병이 군사훈련을 받을 체력이 되는지 점검도 할겸, 인접한 신병 훈련연대로 갈 때까지 잠시 대기하는 곳이다. 몸이 약한 자는 귀가 조치되기도 하고, 부대가 정해지지 않으면 마냥 지루하게 대기하는 곳이지만 군기가 매우 셌다. 그래서 우리는 반갑게 만났지만, 저승사자로 불리는 기간병의 눈을 피해 막사 뒤 구석에서 짧은 몇 마디만 나누고 헤어져야만 했다.

대학 2학년 1학기 때였다. 시골 고향 집에는 남동생 둘이 동시에 고등학교에, 또 여동생은 중학교에 줄줄이 다니게 되었다. 서울에 있는 나는 아르바이트 등으로 내 용돈은 그런대로 해결하고 있었지만, 등록금이며 동생들 학비 등은 오로지 얼마 되지 않는 농사소득에 의존해야만 했다. 나는 항상 마음이 편치 못했다.

"무슨 뾰족한 방법이 없을까? 그래! 어차피 내가 병역 3년을 면제받을 수 없다면 군대부터 해결하자. 3년 후 내가 제대할 쯤이면 동생들도 졸업을 했을 터이므로 형편이 조금은 나아지겠지…"

이렇게 나는 군 입대를 유일한 돌파구로 생각하고 결정을 했지만, 사실 그때까지 입영 신체검사도 안 받은 상태였다. 결국 지원을 하는 수밖에 없어 봄부터 지원병으로 충원하는 해병대와 공군 등을 알아보았다. 그러던 중에, 당시는 잘 알려지지 않은 전투경찰을 모집한다는 얘기를 우연히 듣고 응시하게 되었다. 당시 전투경찰이 뭔지도 제대로 모르고 지원한 것이지만, 그런대로 인기가 있었는지 10대 1이 넘는 경쟁이었다. 나는 운 좋게 선발 되었지만 문제는 6개월이나 기다려 10월 2일에야 입소한다는 것이다. 다른 대안이 없었던 나는 1학기가 끝나자마자 친구 몇 명에게만 입대소식을 전하고, 입대할 때까지만이라도 고향에 내려가 농사를 짓는 부모님을 돕기로 했다.

현제와 나는 고등학교 2학년과 3학년 내내 같은 반이었다. 말수가 적었던 나는 누구하고도 각별한 사이가 되지 못하였지만, 현제는 이야기가 통했던 몇몇 친구 중의 하나였다. 고향에 내려가기 전 우리 둘은 선술집에 마주 앉아, 나는 학업을 중단할 수밖에 없는 아쉬움을, 현제는 군대에 가게 되면 훈련을 어떻게 잘 극복할 수 있을 것인가에 대하여 주로 얘기했다. 그때까지도 현제는 입영통지서를 받았다는 말도, 또 언제 어떻게 군대를 가게 될 것이라는 얘기도 없었기에, 우리는 제대 후 만나기로 하고 헤어졌었다.

그 해 여름 나는 고향에 내려가 농사일로 땀을 흘리며 진짜 농사꾼이 되었다. 평소 하던 일이 아닌데도 불구하고 막상 군대를 간다고 생각해서인지 크게 피곤한 줄도 모르고 농사일을 거들었다. 그리고 입영날짜가 되자 혼자 조용히 논산으로 향했다. 그런데 어떻게 된 것인지 서울에서 나와 헤어진 현제가 그 후 입영영장을 받았는지 나보다 먼저 논산훈련소 수용연대에 들어와 있었던 것이다. 당시엔 통신시설이 안 좋던 시절이어서 편지 외에는 입영 사실을 알릴 수도 없는 상황이기는 했으나, 수송연대에서 뜻밖에 만나게 되었으니 놀란 것은 당연했다. 마치 오늘날 텔레비전에 나오는 '깜짝 쇼' 같은 느낌이었다. 공자는 군자의 세 가지 즐거움(君子三樂) 중 두 번째가 '유붕 자원방래 불역낙호(有朋 自遠方來 不亦樂乎)'라고 했다. '먼 곳으로부터 벗이 찾아오니 또한 즐겁지 아니한가'라는 뜻인데, 그 당시 내 기분이 바로 그랬다.

나는 논산훈련소 수용연대에 친구인 현제보다 늦게 들어갔지만, 훈련 배속이 바로 된 탓에 그 다음 날 신병훈련소 25연대로 가게 되었다. 현제도 늦기는 했지만 곧이어 내가 배속 받은 25연대 훈련소로 온 모양이었다. 그러나 같은 25연대라도 중대가 다르면 훈련 스케줄이 달라 서로 만나는 것은 힘들었다. 아직 추위가 오기 전인 10월과 11월이라고는 하지만, 안 하던 훈련을 받으려하니 몸이 고달프고 추웠다. 당시 훈련병들은 지금과는 비교할 수 없을 정도로 강도 높은 훈련에 수면은 언제나 부족하였다. 앉으면 졸기 마련이고, 전쟁 영화의 한 장면처럼 행군하면서도 잠을 자는 훈련병까지 있었다.

어느 일요일이었다. 훈련이 없는 날인데도 훈련병들은 '사역(事役)'이라고 하는 잡일에 동원되는 것이 예사였다. 그날도 운동장 수돗가에서 사역을 하고 있는데 낯익은 훈련병이 눈에 띄었다. 바로 현제였다. 두 번째로 '뜻밖의 만남'을 갖게 된 셈이다. 그러나 안타깝게도 손이 튼 채 식기를 닦고 있었고, 표정이 많이 어두워 보였다.

"현제야, 너도 25연대로 왔구나! 훈련은 어때?"

"많이 힘들어! 몸이 안 좋아! 의무실에 있어…"

"왜?"

그때였다. 멀리서 호루라기를 불면서 다가오는 기간병 때문에 현제와는 더 이상 얘기를 하지 못하고 헤어졌다. 제대 후에야 알게 된 일이지만, 현제는 훈련소 내무반에 도착하자마자 훈련조교가 '훈련병 향도'를 맡으라고 했는데 이를 거부하는 바람에 무척이나 고생을 한 모양이었다. 훈련병 향도는 학급의 반장 격인데, 군대란 특수성 때문에 잘 해야 본전이고 언제나 책임만 따르는 직책이어서 모두들 기피하였다. 그 당시 현제는 매를 많이 맞고 기합을 당해 결국 장 파열까지 되어 의무실로 가게 된 것이다. 공교롭게도 나 역시 훈련병 시절 향도를 맡으라고 했을 때 겁 없이 거절하였다가, 자존심이 상했다고 생각한 훈련조교에 의해 모든 훈련병 앞에서 본보기로 흠씬 맞았었다. 태어나서 그렇게 많이 맞아본 것은 처음이었다. 동병상련의 아픈 추억을 공유한 셈이다.

돌이켜보면 현제와 나는 논산훈련소에서의 뜻밖의 만남이 아니었어도 좋은 우정을 유지했겠지만, 그런 특별한 인연이 있어서인지 그 뒤에도 우리는 같은 시기에 복학하고, 졸업도 같이 하였다. 비록 출신 대학과 직장은 달랐어도 변치 않는 우정을 지니고 지금까지 기쁨이 있으면 서로 축하하고, 슬프면 위로하며, 고민이 되면 상의하며 지내고 있다.

　몸이 찌뿌듯하여 산에라도 가고 싶으면 우리는 서로 마음 편한 동행자가 되어 함께 숲 속을 걷거나 비탈길을 오르고 있다. 이마엔 땀이 송글송글 한 채로.

(졸저, 촌놈이 어때서, 2017년 발표)♣

2. 어느 훈련병의 눈물

드디어 전투경찰 16기 360여 명의 장정들은 집에서 입고 온 사복을 벗고, 국방색 제복으로 갈아입었다. 제복이라고 하지만 몸을 옷에 맞춘 듯 불편하고, 머리마저 빡빡이가 된 모습이 참 어색해 보인다.

때는 45년 전 1974년 가을이다. 수용연대에서 25연대까지의 행군은 채 1시간도 안 되는 거리였지만, 내무반에 도착해 구두를 벗으니 생전 처음 신은 군화 탓인지 발꿈치가 까지고 물집이 여러 곳에 생겨있다. 어떤 장정은 심한 고통을 호소한다.

내무반에서 약간의 휴식이 있을 것으로 기대한 우리의 생각이 빗나간 것은 채 5분도 걸리지 않았다. 두 눈이 보일 듯 말 듯하게 검은 화이바(fiber)를 내려 쓰고, 지휘봉을 든 기간병이 들어서더니, 다짜고짜 명령이다.

"동작 그만! 모두 침상 끝으로 정렬! 차렷 열중쉬어! 차렷 열중쉬어!……."

초장부터 훈련병들의 군기를 확실히 잡겠다는 눈빛이다. 화이바엔 고딕체의 '조교'라는 두 글자가 선명하다. 우리는 어느새 고양이 앞에 쥐 신세가 되어가고 있었다.

"동작 봐라. 여기가 놀이터인 줄 알아? 너 이 △△"

말이 떨어짐과 동시에 지휘봉은 내 앞의 장정 어깨를 후려치고 있었다.

"아!"하는 비명도 잠깐, 나치의 공포같은 분위기가 온 내무반을 휘감는다.

"뒤로 취침, 앞으로 취침, 뒤로 취침, 앞으로 취침!"

대학 2학년 1학기가 되자, 동생들도 줄줄이 고등학생과 중학생이 되었다. 부모님의 어깨도 점점 무거워지니 내 마음도 편하지가 않다. 어떤 돌파구를 찾고 싶었다.

"그래, 군대를 갔다 오자! 병역의무를 마치기도 하고, 3년간이나마 부모님께 나의 경제적 부담을 덜어드릴 수 있다면 일석이조가 되지 않을까?."

그런데 막상 입대하려고 하니 징집영장을 받은 상태도 아니고, 더구나 호적상으로 신체검사까지는 1년은 기다려야만 했다.

"그렇다면 자원입대는 어떨까?"

부랴부랴 알아본 결과 공군, 전투경찰, 해병대 정도를 찾아냈다. 이 중에서 인기 1순위가 공군이었다. 급하게 지원서를 낸 다음 대구 모 공군부대로가 신체검사를 받는데, 어떤 검사원이 하는 말에 귀가 번쩍 뜨였다.

"너, 인마, 평발이네, 평발은 곤란해."

"예?"

"네가 여태껏 평발인 걸 몰랐어?"

나는 잠시 당황했지만, 군 입대를 면제받을 수도 있다는 생각에 잠시 기뻤다.

"저……, 그렇다면 저는 군대에 안 가도 된다는 것입니까?"

내 물음에 검사원은 "야 인마, 남의 부대 입대 여부를 내가 어떻게 아냐?"

사실 그 신검 때까지 내가 평발이라는 사실을 몰랐다. 특별히 불편함도 몰랐다. 아니나 다를까, 며칠 후에 불합격 통보를 받았다. 그렇다고 군대를 확실히 가지 않을 정도의 평발은 아니라는 점이 나를 불안하게 했다.

그 후 전투경찰 지원을 알아보니, 제도가 생긴 지 채 3년도 안 되었단다. 그런데도 지원자가 많아 원서를 낼 때 이미 경쟁률이 10:1이 넘어 있었다. 이번에도 "불합격하면 어쩌나?" 하고 걱정을 했는데, 필기시험에서 상대적으로 점수가 좋았던지 합격 통지를 받았다. 그렇게 한 인연으로 해서 논산훈련소까지 오게 된 계기가 되었다. 그런데 눈앞에 벌어지는 현상은 교육이 아니라 기합의 연속이니 혼란스러운 것은 당연했다.

"이렇게 밖에 못해? 여기가 너 네 집 안방이냐?" 그리고 또 얼차려를 시킨다.

"다 같이 뒤로 취침, 앞으로 취침. 차렷, 열중 쉬어……."

얼마나 반복을 했을까? 등에 땀이 흥건해진다. 이어 저승사자처럼 꼼짝도 하지 않던 조교가 내 앞 쪽을 향하여 오는 것이 아닌가?

"관등성명은?"

"훈련병 정병수!"

내 말이 떨어지자마자, 조교는 지휘봉으로 내 배를 쿡 찌르면서 예상하지 못한 명령을 하는 것이 아닌가? 아마 훈련병 이력서를 미리 보고 내정한 것이라 보인다.

"너 오늘부터 향도(向導)야. 알았나?"

향도란 지금은 폐지된 제도이나, 당시는 훈련병들의 소대장 격이다. 조교의 말을 듣는 순간 입대 전 복학생 형이 하던 말이 뇌리를 스친다.

"군대는 말이야. 너무 잘 해도 안 되고, 그렇다고 고문관이 되는 것도 곤란해. 중간 정도만 하면 딱이야."

나는 "속으로 이거는 아니다." 싶었다.

"한번 맞고 6주간 편한 것이 좋겠지?" 나는 용기를 냈다.

"저는 향도를 맡을 자격이 못 됩니다. 운동 신경이 둔합니다!"

"뭐라고? 지금 네가 뭐라 그랬어?"

"향도를 맡을 수 없다고 했습니다!"

"이 새끼가……."

그 뒤 상황이 어떻게 되었는지는 잘 기억나지 않는다. 주먹으로 맞고, 구둣발로 차이고, 야전 삽자루로 흠씬 얻어맞았던 것 같다. 정신을 차리고 보니 다행히도 크게 다치지는 않았다. 다만 움직이기가 불편했다. 결국 훈련소 첫날 밤 나는 아파서도 울고, 서러워서도 울었다.

그 덕분에 향도의 직책을 피할 수는 있었지만, 대신 2분대장까지는 피할 수 없었다. 2분대의 임무는 훈련소 중대 병력이 사용하는 화장실의 청소가 주 임무였다. 160여 명이 사용하는 화장실은 아무리 청소를 해도 금세 지저분해진다. 더구나 논산은 황토가 많은 지역이 아닌가?

전반기 6주 내내 능력 없는 분대장으로 낙인이 찍힌 나는 물론이고 우리 분대원들도 모두 힘들었다, 그때 고생한 분대원들은 지금 어디에서 어떻게 살고 있는지 궁금하다. 아마 집 화장실 청소는 잘 하고 있을 것이다. 향도를 못 하겠다는 한 마디에 내가 감당한 대가는 너무나 컸다. 일석점호를 마치고 매트에 누우면 창가에 있는 분대장 자리 위로 달빛이 고고히 스며든다.

훈련소에 들어선 첫날에 엉겁결에 맞은 후유증으로 밤이면 학창시절의 캠퍼스 전경, 고향의 가족생각 그리고 잡념에 잠 못 이룰 때가 많았다. 그러나 무엇보다도 나를 슬프게 하는 것은 육신의 아픔도 아픔이지만, "우리나라 군대가 꼭 이런 식으로 운영될 수밖에 없는 건가" 라는 자문(自問)을 하면서도 자답(自答)을 할 수 없는 것이 더 괴로웠다. 어쩌면 소용없는 이런저런 생각에, 눈물은 베개를 적시고 있었다. (졸저, 촌놈으로 살다보니, 2021년에 발표)

3. 눈물의 크림빵

어제 저녁을 늦게 먹어서인지 자고 나도 속이 더부룩하다.

"여보, 나 아침 먹지 않고 그냥 출근할래."

"당신이 밥을 안 먹을 때도 있어요?"

"이제 환갑 진갑을 다 보내고 나니 젊었을 때하고는 다르네."

"그럼! 당신은 무쇠가 아니야. 아침을 조금이라도 들고 가지 그래요?"

"아니야, 벌써 시간이 이렇게? 서둘러야겠다."

사무실 가까이 가자, 앞쪽 어디선가 교통사고가 발생했는지 차들이 움직이지 않는다. 그때 대로변에 불을 밝게 켠 24시 편의점이 시야에 들어오는가 싶더니 잠시 잊은 것이 생각났다.

"아이고! 아침에 약 먹는 것을 깜박했네. 그런데 약이 독해 식사를 한 뒤에 먹으라고 했는데…. 어떻게 하지?"

나는 자동차 핸들을 급하게 오른쪽으로 돌린 후, 건물 한쪽 귀퉁이에 차를 세웠다. 코감기 약을 먹고 있던 터라 나의 바지 주머니에는 약봉지가 바스락거린다. 편의점에서 김밥 정도 먹으면 되겠다 싶어 김밥을 고르고 있는데, 조제하던 약사의 말이 환청처럼 들려온다.

"이 약 속에는 항생제가 포함되어 빈속에 드시면 곤란합니다. 반드시 식후에 드시는 것을 잊지 마세요. 아시겠죠?"

"네, 알겠습니다."

'삼각 김밥'이 있는 진열대를 향해 가다가 나는 그만 걸음을 멈추었다. 그곳에는 전혀 예상하지 못한 45년 전의 눈물의 OO크림빵이 놓여있는 것이 아닌가? 편의점을 들락거리면서도 그간 한 번도 보지 못했는데 말이다.

나는 '삼각 김밥' 대신 'oo크림빵'과 '생수'를 샀다. 편의점 한쪽 귀퉁이에 기댄 채 눈을 감고 OO크림빵을 한입 물어본다. 정확하게 45년 전의 훈련병 시절이 영화의 한 장면처럼 뭉게뭉게 피어오른다.

나는 1974년 10월에 군 복무 대체로 전투경찰 16기로 자원입대했다. 전투경찰 대원은 군인으로 갖춰야 할 군사훈련과 경찰을 보조할 수 있는 기본교육을 모두 이수해야 한다. 경찰 기본교육은 경찰학교에서 받지만, 군사훈련은 논산훈련소에 위탁하여 받을 때였다. 논산이 어떤 곳인가? 그 옛날 백제와 신라가 격전을 벌인 황산이다. 그곳에서 흘린 땀과 새긴 각오가 밀물과 썰물이 되어 흐른다.

"좌로부터 번호 시작!"

"하나 둘 셋"…… 서른여섯, 이상 번호 끝!"

"목소리가 이것밖에 안 되나?"

"큰 소리로 할 때까지, 번호 다시 시작!"

"하나 둘 셋 …… 서른여섯, 이상 번호 끝!"

"자, 지금부터 잘 들어라. 알았나?"

밥을 먹은 지 얼마 안 되었는데 벌써 배가 고프다. "예!"라고 하지만 악에 받친 소리다.

군사훈련은 총검술, 각개전투, 사격 등 기초 군사훈련이지만 갑작스레 하는 강훈련이라 몸은 금세 땀범벅이 된다. 행군 도중 "오열이 맞지 않는다."라고 '오리걸음 걷기'라는 벌을 받은 적이 한두 번이 아니다. 야간 철조망 통과 훈련은 어땠는가? 조교의 지휘봉이 몽둥이로 둔갑하면 몽둥이를 피해 사력을 다해 겨우 철조망을 통과한다. 손등은 긁힌 자국과 피로 흥건하다. 이제 잠시 쉬겠다 싶으면 기다리던 또 다른 조교가 "눈에 오만 볼트의 빛을 발하라"고 소리 지른다.

훈련병의 허기를 보충할 수 있는 유일한 곳이 PX(군내 매점)이다. 나는 군입대하는 순간부터 제대할 때까지 '집에서 1원도 안 갖다 쓰는 군인'이 되겠다고 결심하였다. 그러나 그것은 무모한 짓이었다. 빈털터리로 입대한 것까지는 호기가 있었지만, 매일 지급되는 식사량으론 언제나 배가 고팠기 때문이다. 그러던 중 어느 날 중식(점심)이 평상 때보다 30% 가량 더 많이 분배되는 것이 아닌가? 좋으면서도 의아스럽다. 때 마침 조교의 한 마디가 '배고픔'에 대한 그 동안의 많은 의구심을 풀어 준다.

"오늘 상급기관의 시찰이 있으니 절도 있게 행동하라."

시찰이 끝나자 식사량은 원래의 적은 양으로 환원된다. 쌀이 축나면 마지막 불이익은 훈련병에게 돌아간다. 그러던 중 훈련병에게 800원의 월급이 지급되었다. 나는 그 돈의 절반을 개당 20원짜리 00크림빵 14개와 30원하는 00콘 아이스크림 4개를 사서 단숨에, 한꺼번에 바로 먹었다. 지금으로선 상상하기 힘든 양이다. 그러고 나서 저녁에도 나머지 400원에서 바늘과 실을 구입하는 데 50원을 사용한 것을 제외한 350원 어치를 OO크림빵과 아이스 크림에 소비하였다. 결과적으로 1달치 월급 모두를 오로지 점심 과 저녁의 두 끼 간식으로 다 사용해 먹어버린 것이다. 나의 미련 한 행위는 결국 배탈로 이어져 그날 밤 화장실 출입을 두 번이나 하고선 겨우 잠을 청할 수 있었다,

　　퇴근 후 저녁 식사를 하는데 아침 출근길에 있었던 OO크림빵 이 생각났다. 45년 전 훈련병 시절의 배고픔을 생각하니 나도 모 르게 웃음이 나온다. 아내는 히죽히죽 웃는 남편이 "혹시 실성이 라도 한 것 아냐?" 하는 표정이다.

　　"당신, 오늘 사무실에서 무슨 일 있었어요? 왜 여태껏 한 번도 안 하던 짓을 해요?"

　　"일은 무슨 일? 아무것도 아니야. 사실은 오늘 아침에 밥을 안 먹고 갔잖아. 그래서 편의점에서 '삼각 김밥'을 사 먹으려다 우연 히 옛날 논산훈련소에서 먹었던 OO크림빵을 발견하여 사 먹어 봤지, 이상한 것은 그땐 분명 '눈물의 빵'이었는데, 그런 가슴 아 픈 일도 추억이라고 웃음이 나오데?"

　　"그때 무슨 일이 있었는데?"

　　"그건 4급 군사 비밀이야. 군사 비밀을 함부로 말하면 안 되잖 아!"

"당신, 나이가 들수록 이상해지네! 남들은 나이가 들수록 비밀이 없어진다는데, 당신은 반대로 비밀이 자꾸 늘어나니 말이야."

"그래? 그래도 본디 애국자란 최소한 군사 비밀만큼은 지켜야 나라가 건재하지 않을까? 기밀 등급이 4급이나 되는데……."

"뭐라고? 그럼 당신이 애국자란 말이야?"

"그럼 내가 아닐 수도 있다고?"

나는 그만 말문이 박힌다. (졸저, 촌놈으로 살다보니, 2021년에 발표) ♣

4. 훈련병과 세숫대야 재고실사

10여 년 전의 일이다. 모르는 사람으로부터 전화가 걸려 왔다.

"정병수씨 맞나요? 혹시 군대는 전투경찰에 갔다 오지 않았습니까?"

"예, 맞습니다만, 누구신지요?"

"나, 정두진이야. 월미도에서 운전병으로 근무했던 두진이야."

"정두진? 알 것도 같다만, 너무 오래돼 얼굴이 떠오르지 않아 미안하네."

"너, 203전경 16기 맞지? 난 네가 생생하게 기억나는데 뭐. 몸이 좀 통통하고……"

"그건 그렇고, 너는 요새 무슨 일을 해?"

"난 아직 경찰이야. 말단이지 뭐. 사실은 우리 동기생 모임이 있는데, 내가 총무야. 만나기만 하면 네 안부가 궁금하다기에 어렵게 수소문하여 전화하는 거야."

"어쨌든 반갑다. 누구 누구 모이니?"

"기억날지 모르겠지만, 최경식, 박병수, 원용섭, 이기성 등 20여명이 넘지. 한 번 모일 때마다 10명 이상은 참석해."

그리하여 30여 년 만에 군 동기모임에 나가게 되었다. 이미 부부동반으로 정기적으로 모이고 있어 결속력이 있어 보였다. 나는 형편상 자주 나가지는 못하고 1년에 한 번 쯤 나가 안부를 듣곤한다. 그런데 초등학교 동창회에 모이면 화제가 초등학생 시절로 되돌아가듯이, 만날 때 마다 40여 년 전 함께 훈련받고 고생했던 시절의 이야기가 빠지지 않는다. 이런 저런 군대 시절의 이야기를 하다가 기억에서 지운, 아니 지우고 싶었던 훈련병 시절의 아픔이 되살아났다.

대학 2학년 1학기였으니, 벌써 40여 년 전 일이다. 내 밑으로 줄줄이 학교에 다니는 동생들이 있었다. 그런 상황에서 겨우 등록을 하여 수업을 듣긴 하지만 마음이 편치 않았다. 누가 뭐라고 하지는 않지만 괜히 부모님께 미안한 마음이 들어 어떤 돌파구를 찾고 싶었다. 3년간 군대라도 갔다 오면 부모님의 어깨가 좀 가벼워지려나 싶지만, 징집영장을 받기에는 1년 이상 기다려야 했다.

혹시 지원병 모집은 없을까 알아보던 차에 어떤 임무를 하는지도 모르고 바로 입대할 수 있다기에 전투경찰에 지원했다. 막연히 민통선을 지나 휴전선 최전방에서 근무하는 민정경찰쯤으로 생각했다. 인기가 있어서인지 체력테스트와 필기시험까지 보며 10대 1이 넘는 경쟁률을 뚫고 합격했다. 그런데 실제 입대를 하기 까지는 6개월이나 남았다. 그 사이 1학기를 어영부영 마치고, 논산훈련소로 향한 것은 한참 후 가을의 한 복판인 10월 2일이 되어서였다. 입대를 하면 군복무를 마칠 때까지 집에도 오지 않고 최전방에 있겠다는 각오를 하면서 말이다.

군대가 어떤 분위기란걸 대충 듣긴 하였지만, 인원 점검을 마치자마자 머리부터 빡빡 깎는 현장을 목격하니 듣던 것보다는 훨씬 살벌했다. 규율이라는 이름하에 내무반은 무거운 공기가 감싸고

반말은 기본이었다. 옮기기 힘든 욕설이 난무하며, 한쪽 귀퉁이에서는 구타가 벌어진다. 기선을 제압한다는 뜻에서 벌어지는 일이니, 이럴 땐 눈치껏 대처하는 수밖에 없다.

대기소에서 이틀을 보낸 후 절도 있는 조교의 인솔로 동기생 160명은 25연대 훈련소로 행군해 갔다. 내무반에 들어서자마자 예상했던 대로 단체 기합이다. 훈련이 시작되니 긴장하라는 뜻이리라. 그런데 침상 끝에 일렬로 세우더니 눈이 부리부리한 조교가 내 앞에 와 전혀 예상하지 못한 명령을 하는 것이다.

"너, 훈련병 향도를 맡아!"

향도는 훈련생 대표쯤 되는 위치이다. 순간 '군대에선 중간만 해야 편하다'는 말이 떠올라 큰 소리로 거부했다.

"전 능력이 없어 향도를 맡을 수 없습니다."

"뭐라고? 너 지금 뭐라고 했어….."

"향도를 맡을 수 없다고………"

내 말이 채 끝나기도 전에

"이 새끼가 지금……." 하는 소리와 함께

주먹세례를 받고 발로 수없이 차여 반 기절을 했다. 생전 경험하지 못한 만신창이가 되어 통증을 느끼며 서러움을 삼켜야 했다.

그래도 조교는 직성이 안 풀렸는지 기어이 나에게 분대장을 맡긴다. 우리 분대가 맡은 역할은 중대원 전원이 사용하는 화장실 청소였다. 향도를 거부한 것은 나 혼자 폭탄을 맞은 거라면, 화장실은 언제 생길지 모르는 공포 장소였다. 분대 대원들이 합심하여 아무리 청소를 해도 금방 더러워져 지적 받을 일이 생기는 것이다. 그럴 때마다 분대를 대표하여 분대장이 질타를 받게 마련이고, 때로는 분대장 단독으로 때로는 엎드려 몽둥이로 맞기도 했다. 그럴 때마다 훈련병들은 담배 한 대로, 아니면 "거꾸로 매달아도 세월은 간다." 라는 격언으로 마음을 달래는 것이다.

어느 듯 전반기 6주 훈련 중에서 7부 능선을 넘어가던 어느 날 화장실 담당 행정요원이 화장실을 점검하다 세숫대야가 30여개 없어졌다면서 책임을 지고 1주일 안에 채우라는 것이다. 아니 내가 인수 받은 적도 없지만, 외부와 단절된 훈련소 내에서 어디 고물로 팔아먹을 가치도 없는 세숫대야가 없어졌다면 행정요원들이야 그 이유를 더 잘 알 것이다. 분명히 훈련소 내에 돌고 도는 것일 테니 말이다. 방법이래야 옆 훈련막사에서 들키지 않고 훔쳐오는 것이다. 그것을 작전하듯이 채워 넣는 것도 군사 훈련의 하나로 생각하니 오히려 마음이 편했다. 분대 대원을 모아놓고 작전을 강구하기로 했다. 그러나 누구 하나 단독으로 나서는 사람이 없는 것은 고사하고 분대장인 나와 함께 행동하겠다고 나서는 이도 없다. 다들 심장이 약하다거나, 사회에서 도적질을 해 보지 않아 못하겠다는 등 변명만 늘어놓는 것이다. 결국 분대장이 책임을 지고 모험을 할 수 밖에 없었다.

군사 훈련은 주로 주간에 받지만 간혹 야간 훈련도 있다. 그런 경우 다음 날은 주간에 내무반에서 쉬게 되는데, 마침 옆 동은 주간 훈련을 나가 막사가 텅비게 되었다. 이때다 싶어 용감하게 옆

동의 화장실에 가 나중에 잃어버릴 경우를 고려하여 30여개의 세숫대야를 들고 사뿐사뿐 걸어 나왔다. 거의 우리 막사에 다 와 가는데, 저 뒤에서 큰 소리로 부르는 것이 들린다.

"야, 훈련병!"

나를 부르는 것이 확실하지만 못 들은척 하고 뒤도 돌아보지도 않고 계속 갔다.

"야, 거기 가는 훈련병! 안 들려?"

이제는 짜증이 난 목소리다. 나를 부르는 것이 분명하다. 걸어가는 훈련병은 나 혼자였으니 말이다. 결국 옆 훈련막사의 행정실로 끌려갔다. 군 도둑이 현행범으로 잡힌 것이다. 심심하던 서너명의 행정병들은 군법에 처해야 마땅하다며 린치를 가한다. 한두 대의 주먹다짐으로 끝내고 훈방할 것으로 기대한 내가 어리석었다. 행정병들은 장난감 다루듯 번갈아가며 나를 때렸다. 지진이 아니라 쓰나미를 당하는 신세가 된 것이다. 그 중에 한 명이라도 "이러면 안 된다"는 양심적인 말을 할 법도 한데 분위가 싸늘하기만 했다. 얼마나 맞았을까? 아픔과 서러움이 북받쳐 막사 옆 공터에서 한 없이 울었다.

그날 밤 10시 취침 점호를 마치고 창가에 누운 나는 평상시 같으면 바로 잠을 잤을 텐데 쑤셔오는 몸과 혼란스런 마음으로 뒤척이며 모포를 뒤집어쓰고 소리 없이 한참이나 또 울었다. 그날따라 창문으로 비치는 달빛이 그토록 밝은 것을 아직도 잊을 수가 없다.

2014년 8월에 세칭 윤일병 구타 사건으로 세상이 온통 시끄러웠다. 같은 부대의 고참병이 총으로 우발적으로 죽인 것도 아니고 온몸에 피멍이 들 정도로 때려죽인 잔혹한 사건이었다. 윤일병 가해자는 1심에서 징역 45년을 2심에서는 35년으로 감형 받았는데, 아이러니하게도 교도소에서 반성은 커녕 수감된 3명에게 폭행은 물론이고 성희롱까지 하여 추가 기소를 했다고 한다. 대명천지 21세기에 어찌 이런 일이 아직도 벌어지는지 아연실색할 따름이다.

　요새는 한두 명의 자녀만 낳아서 그런지 군대 가는 아들에게 부모들이 훈련소 입대하는 날 동반하는 것이 일상사가 된지 오래다. 마치 전쟁터에 나가기라도 하는 양 부모들도 안절부절못하고, 정작 본인도 혼자 가기라도 하면 왕따라도 되는 모양이다. 전쟁도 불사해야할 군대에 가면서 초등학교 1학년이 처음으로 학교에 가듯이 보호자가 동반한다고 하는 것은 다시한번 생각해 볼 일이 아닌가?

(졸저, 촌놈이 어때서, 2017년 발표)♣ ●

5. 오뚜기 보병대대 사병들에게 고함

오뚜기 부대 사병 여러분!

대대장으로부터 방금 소개받은 정병수입니다. 반갑습니다. 이 시간이 충효(忠孝) 시간이므로 제가 생각하는 충효(忠孝) 얘기를 하도록 하겠습니다.

첫째, 여러분! 나라 잃은 슬픔이 무언지 생각해 보았나요? 저는 6.25사변 이후에 태어났으므로 군사훈련 경험은 있지만 전쟁을 경험해 보지는 못했습니다. 따라서 전우가 적의 공격으로 쓰러지고 피를 흘리는 장면을 본 적은 없습니다. 그러나 전쟁으로 나라를 잃게 되는 슬픔은 상상해 봅니다. 역사적으로 보면 우리나라는 많은 외침을 받았습니다. 병자호란이 그렇고, 일제 통치 36년간은 우리 글이 있어도 쓰지 못하고, 우리 말도 사용 못하고 심지어는 창씨개명으로 성도 쓰지 못한 슬픈 역사를 가지고 있습니다.

우리가 평화를 사랑하는 백의민족인데, 왜 그렇습니까? 여러 이유가 있지만 가장 큰 이유는 힘 즉, 국력이 없었다는 점입니다. 프랑스도 한 때는 독일한테 점령당하여 알자스지방에서는 자기 글을 쓰지 못하는 비애를, 작가 알퐁스 도데가 '마지막 수업' 이라는 소설에서 그리고 있습니다. 때문에 여러분은 바로 여러분의 부모님과 형제자매를 위하여 아름다운 청춘을 유보하고 이렇게 고생하는 것입니다.

저는 최근 중국 대련시(大連市)에 갔다 왔습니다. 인천에서 제일 가까운 중국 도시로 비행기로 1시간 거리입니다. 대련시의 아래쪽에 여순(旅順)감옥이 있습니다. 안중근(安重根) 의사가 일본 조선통감인 이등방문(이토 히로부미)을 하얼빈에서 죽이고 투옥되어 있다가 처형된 감옥입니다. 우리나라의 서대문 형무소보다도 더 끔찍한 그곳에서 안중근 의사는 재판을 받으면서 나라가 없다는 핑계로 변호도 받지 못한 채 단순 암살범으로 처형되었습니다.

사형언도를 받고 사형 집행 시까지 그 짧은 기간에 초인적인 힘으로 많은 글과 붓글씨도 썼지요. 여러분이 잘 알고 있는 일일부독서 구중생형극(一日不讀書 口中生荊棘)이라는 글귀도 거기에서 썼습니다. 그 감옥에는 모택동의 친필 '전사불망 후사지사(前事不忘 後事之師)'란 글귀가 벽에 걸려있습니다. 청일 전쟁 때 여순에서만 중국인이 약 6만명 살해되었답니다. 또 윤동주 시인을 기억하십니까? '하늘을 우러러 한 점 부끄럼이 없기를 잎새에 이는 바람에도 나는 괴로워 했다…'는 서시를 지으신 민족시인 윤동주는 나라 잃은 죄로 생체실험을 당하여 일본 후쿠오카의 차가운 감옥에서 죽었습니다.

충(忠)을 복잡하게 생각할 것이 아니라 여러분의 부모님과 형제자매를 마음의 중심에 두고 병역의무를 충실히 하는 것입니다. 거창하게 이순신 장군처럼 "달밝은 밤에 수로에 홀로 앉아 큰 칼 옆에 차고 깊은 시름 하는 차에 어디서 일성호가는 남의 애를 끊나니…" 하지 않아도 됩니다. 물론 그렇게 할 수만 있으면 금상첨화이고요. 요새 사회에서는 우스개 소리로 '적화는 됐고 통일만 남았나?'라고 하는 말도 있습니다.(2005.10. 중앙일보 시평에서) 우리를 안심할 수 있도록 여러분이 나라를 튼튼히 지켜주시는 것이 충(忠)이라고 할 수 있습니다.

둘째, 효(孝)는 조그마한 실천이 중요합니다. 저의 경우 부모님이 돌아가시고 없습니다만, 솔직히 살아계신다고 해도 마음과는 달리 효도를 잘 할 것 같지는 않습니다. 왜 그럴까요. 사실 인간의 사랑은 '내리 사랑'이기에 여러분이 아무리 효도를 잘 한다고 해도 여러분의 부모가 여러분에게 하는 사랑만큼 잘 할 수는 없습니다. 그렇다고 효도를 안 해도 된다는 이야기가 아닙니다. 효도는 거창한 것이 아니라 여러분이 처해 있는 상황에서 가능한 부모님의 마음을 읽어 잘해 보겠다는 마음가짐과 조그마한 실천이 필요할 뿐입니다. 저 주위에 이런 분이 있습니다. 부모님께 효도는 해야 하겠는데 지금은 돈도 많지 않고 조금만 더 기다려 주시면 크게 호강시켜주겠다고 마음 속으로 다짐했습니다만, 그 사이 부모님은 어떻게 되었을까요?

여러분! 아무리 부자라도 돈 쌓아 놓고 살아가는 사람 없습니다. 부자는 부자대로 가난한 사람은 가난한 대로 돈이 없지요. 회사도 마찬가지입니다. 행여 여러분이 취직하면 부모님께 호강해 드릴 수 있을 것이라고 생각하겠지만 쉽지 않습니다. 입사해 월급 받으면 데이트해야지요. 그러다가 장가가면 집 장만하느라 돈 모아야지요. 언제 부모님을 호강시켜 드릴 수 있겠습니까? 집 장만 하고 나면 끝입니까? 자식 공부 시키고 결혼 시키고 하다보면 언제나 돈이 없게 돼 있습니다. 그렇다면 어떻게 해야 하느냐고요? 바로 자기가 처해있는 상황에서 전화 한통, 조그만 선물 하나 등 분수에 맞게 실천을 하는 것입니다.

대학 3학년 때 어머님이 돌아가셨는데 학생 신분인 저로서는 아무것도 할 수 없더라구요. 돈이 있습니까? 뭘 알기를 합니까? 괜히 주위에 있는 사람만 원망스럽더라고요.

그래서 어머님이 돌아가셨을 때 실컷 울었습니다. 그 후 결심을 했습니다. 살아계신 아버님께는 형편 되는 대로 잘 해 드리겠다고요. 그리고 언제 아버님이 돌아가실지 모르겠지만 돌아가실 때에는 울지 않겠노라. 그래서 정말 울지 않았습니다.

그 후 공인회계사 시험에 합격하고 박사학위도 취득하여 오늘에 이르고 있습니다. 그런 것이 효도라고 생각합니다. 전화 한 통, 말 한마디가 효도입니다. 공인회계사 얘기가 나왔으니 하는 말인데. 사회는 그렇게 만만하지 않습니다. 제가 대학 4학년 때 공인회계사 시험에 합격 한 후 세상을 다 얻은 듯 기뻤는데 그것은 1주일도 못 갔습니다. 왜냐하면 회계법인에 들어가 보니 아무 것도 모르는 신출내기에 불과했기 때문입니다. 정말 아는 것이 없구나, 다시 출발해야지 하는 마음이었습니다. 성경말씀에 네가 작은 일에 충성하였으매 내가 많은 것으로 네게 맡기리니 (마태복음 25:21)하는 구절이 있습니다. 효도도 그런 것입니다. 조그만 것부터 실천하십시오.

마지막으로 여러분의 체력을 위해 술 먹는 애주가(愛酒家)가 아닌 달리기하는 애주가(愛走家)가 되기를 진심으로 바랍니다. 체력 없이는 전쟁도 공부도 사회생활도 할수 없기 때문입니다. 마치겠습니다.

(이 글은 2005년 당시 제 둘째 아들이 사병으로 복무하던 오뚜기 부대에서 병사의 아버지 자격으로 충효(忠孝)시간에 강의한 내용을 요약한 것입니다) ♣